白日

月村了衛

角川文庫
23944

目次

1

皮膚の奥からとめどなく湧出してくるような汗を拭いながら、会社までの慣れた道を急いでいた秋吉孝輔は、前方の異物に気づいて足を止めた。

小鳥の死骸であった。まだ雛と言っていいくらいの小ささで、白く熱せられた路面に転がっている。反射的に頭上を見上げた。建ち並ぶビルの窓辺、あるいはエアコンの室外機の下かどこかに巣があるのかもしれないと思ったからだ。巣から押し出された雛が、真夏の暑さに息絶える。それはどんなにか絶望に満ちた死であったろう。太陽がほぼ真上にあるせいか、周囲は逆光の陰に塗り込められ、鳥の巣らしきものは見つけられなかった。

小鳥の死骸を避けて再び歩き出した秋吉は、『千日出版』の真新しい本社ビルに戻った。社屋内の空調は完璧で、汗がゆっくりと引いていく。その感覚が好きだった。

夏の暑さは年々厳しくなる一方だ。無慈悲な太陽は全身から気力を蒸発させる。しかし秋吉は、体の疲れをむしろ心地好いものと感じ、エレベーターのボタンを押した。

仕事の成果は着実に上がっている。四十を目前に控えて体力の衰えを痛感することが多くなったが、念願のプロジェクトがいよいよ始動するかと思うと、気力はたちまち充塡される。

教育事業局の入っている六階で降りた。まっすぐに教育事業推進部第一課のフロアへと向かう。

プロジェクト・パートナーである『天能ゼミナール』本部で行なわれた打ち合わせはことのほかうまくいった。いよいよ最終段階だ。

早く部下達に結果を教えてやりたい――

逸る気持ちを抑えつつ自席に戻った秋吉は、しかし予想とは異なる空気にとまどいを覚えた。一見すると常と変わらぬオフィスの光景であるが、どうにも落ち着かぬ様子で誰もが俯いている。隣席の同僚と何事か囁き交わしている者達もいた。

「課長」

課長代理の沢本仁司が強張った表情で近寄ってきた。その背後には課長補佐の前島亜寿香も従っている。

「小此木部長がお呼びです。戻り次第、A会議室に来るようにと。私と前島君も一緒に来るよう言われています」

「どうした、何があった」

「それが、私もはっきりとは……」

言葉を濁した沢本の後ろから、前島が促すように発した。

「部長から説明があると思います。行きましょう」

「分かった」

秋吉は座ったばかりの椅子から立ち上がって、もと来た通路を引き返した。

六階にいくつかある教育事業推進部の会議室のうち、A会議室を小此木は半ば自室のように多用していた。

「失礼します」

ノックしてから中に入ると、テーブルで執務中だった小此木が顔を上げた。

「おっ、すまんねどうも。まあ、適当に座って」

「はい」

秋吉達は小此木の対面に並んで腰を下ろす。

心持ち居住まいを正した部長は、一切の前置きを抜きにして切り出した。

「すでに噂が流れているらしいが、梶原(かじわら)局長のご子息が亡くなられた」

「えっ」

あまりに唐突であったので、秋吉は驚きの声を漏らしてしまった。

「局長のご子息って……幹夫(みきお)君がですか」

梶原家を何度か訪れたことのある秋吉は、幹夫についてもよく知っていた。今どき珍しいくらいまっすぐで素直な少年で、父親の薫陶（くんとう）の賜物（たまもの）であろうと梶原に対する畏敬の念を深めたものだ。中学三年生だから、中学生活最後の夏休みを有意義に送っているとばかり思っていた。

「そうだ」

小此木は粛然（しゅくぜん）とした面持ちで頷（うなず）いた。

「ご自宅近くのビルから転落したらしい。今朝になって発見されたそうだ」

「転落って……事故ですか」

「そう聞いている。詳しい事情はまだ分からない」

「今朝になって発見されたってことは、昨夜（ゆうべ）から行方不明だったってことでは」

「分からん。今警察が調べてるって」

「警察が？」

今度は沢本が声を上げた。

「それって、何か事件性でも……」

「滅多なことを口にするもんじゃないよ、沢本君」

「は、申しわけありません」

小此木にたしなめられ、沢本がうなだれる。

「ともかく、我々はすぐに行ってきます」

立ち上がろうとした秋吉を押しとどめ、小此木は荘重に告げた。

「いや、梶原家にはすでに倉田常務らが行っている。ご遺族のお気持ちを考え、君達は社にとどまって課内が動揺しないよう抑えてもらいたい」

小此木の指示はもっともなものと言えた。まだ混乱しているであろう梶原家に必要以上の人数で押しかけても迷惑となるだけである。

「それから、例のプロジェクトは一時中止とする」

衝撃がよほど顔に出てしまったのだろう、小此木が咎めるような視線を向けてきた。

「当然だろう。あれを統括しているのは梶原さんだ。さっき連絡があってな、梶原さんはしばらく休まれるそうだ。もしかしたら休職になるかもしれん」

言葉もない。他人である秋吉から見ても、幹夫は眩いばかりに潑剌とした存在だった。そんな息子を失った父親の胸中がいかなるものであるか。想像するだけでも耐え難かった。

重い空気を打ち破るように、それまで黙っていた前島がおずおずと告げた。

「局長とご家族には大変お悲しみのこととお察しします。ですが、現場は私達で動かすことも可能です。プロジェクト自体を少しでも前に進めておいた方が、局長にとっても――」

「前島君」

「はい」

「そういうのをね、さしでがましいとか、賢しげな、とか言うんだよ。前にウチで『新紀元日本語大全』を出したとき、君はまだ入社してなかったっけ」

実に嫌味な言い方で、且つまた実に小此木らしい。

「申しわけありませんでした」

前島は即座に詫びる。

「何もわきまえておらず、お恥ずかしい限りです。勉強させていただきました」

あからさまな迎合ぶりだった。

秋吉よりも二歳下の沢本に対し、前島は二十九とまだ若い。本人はアラサーだと自嘲しているが、その歳で課長補佐に抜擢されただけあって、何事にも憎らしいほど抜け目がなかった。

秋吉には前島の言にも一理あると思えたのだが、本人がここまでのリアクションを取っている以上、その意見には同意できなくなった。

「僕だってね、一時的なものとは言え、あれだけのプロジェクトをここで止めるのは断腸の思いだよ。しかし、立花専務が決められたことだ。社長も納得しておられるそうだし、こうなったらもうどうにもならんよ」

妙に言いわけがましい口調が気になったが、上層部の判断であるならば、これ以上小此木に反論しても意味はない。

「分かりました。ご葬儀のお手伝いとかはどうしましょう」

すると小此木は「それなんだがね」とさすがに声を潜める（ひそ）ようにして、

「局長ご本人の希望で、ご葬儀はお身内だけで済ませたいそうだ。これもまあ、他人がどうこう言える話ではないだろう」

確かに他人が口を出せる問題ではない。沢本も前島も黙っている。

「秋吉君、一課には参考書の新シリーズを全国的に展開する企画もあったよね。あの、左ページが全部マンガになってるってやつ」

「あ、『コミック学参シリーズ』ですか」

「そうそう、それ。例のプロジェクトで後回しにしてたけど、一課は当面あれの資料をまとめてほしい。それからね、変な噂が立ってご遺族に迷惑がかかったらそれこそ取り返しがつかん。念のため、全員に注意を喚起しておいてくれ」

そこで小此木は両膝をパンと叩いて立ち上がった。

「以上だ。じゃ、くれぐれもよろしくね」

やむなく秋吉達も立ち上がり、一礼して退室した。

第一課に戻る途中、D会議室が空（あ）いているのが目に入った。

「ちょっといいか」

二人の部下に目配せし、先に立ってD会議室に入る。

最後に入った前島が、抜け目なく表示を「使用中」に変えてドアを閉める。

「みんなにはこれから改めて話すが、俺が戻ってきたとき、課の雰囲気がなんだかおかしかったのはこのせいだな」

「はい」

沢本と前島が同時に返答する。

「部長も『噂が流れている』とか言ってたが、どういうことなんだ」

「さあ、私が出社したときにはすでに課内がざわめいていて、梶原局長にご不幸があったとだけ……前島君、君は僕より先に来てたよね」

沢本は助けを求めるように前島を見た。

「第一報を受けて、総務がすぐに動こうとしたようです。慶弔金のこととかいろいろありますから」

前島の回答はいつもながら的確であった。

「そしたら上の方から『ちょっと待て』と。雑誌か書籍部の社員がたまたまその場に居合わせたらしくて、それで噂だけが先行したみたいです」

「噂？　どんな」

「亡くなった状況のことだと思います。おそらく……」

いつもは率直な前島が、警戒するように言葉を切った。

「ここには俺達しかいない。続けてくれ」

「単なる事故じゃないんじゃないかと」

「だったら大変じゃないか」

冷房が効きすぎているのか、胸のあたりが急激に冷えたように感じられた。

「事件性があるのか。それで警察が調べてるってのか」

「そこまでは分かりません。でも、皆が動揺してるのは……」

今度こそ前島は自らの言葉を完全に呑み込んだ。迂闊に口にすると不謹慎の誹りを免れないからだ。

事故ではなく、自殺。もしかしたら、他殺の線もあるのかもしれない。

「そうか……」

秋吉は呻いた。

千日出版は大手と言われる老舗出版社であるが、秋吉の所属する教育事業推進部は、社内において言わば傍流であって決して主流ではない。そんな部署が、社運を左右すると言っても過言ではないほど、かつてない規模のプロジェクトを進めようとしていたその矢先に——

「分かった。すぐに戻ろう」

率先して第一課のフロアへと向かう。雑誌やコミックは各階でそれぞれ流行(はや)りの大フロアにまとめられているが、教育事業局は課ごとに分けられている。全体的にモダンな新社屋内にありながら、よく言えば伝統的、悪く言えば古めかしいその間取りが、かえって自分達の部署にはふさわしい気がして、秋吉は密(ひそ)かに愛着を感じていた。

ドアを開けて中に入ると、部下達が一斉に振り返った。全員が自分達の帰りを待ちわびていたようである。

「みんな、ちょっと集まってくれ」

部下達が周囲に集まるのを待ち、声を張り上げた。

「もう知っている者もいるかもしれないが、梶原局長にご不幸があった。ご子息が亡くなったらしい。詳しい事情はまだ判明していないが、連絡があり次第報告する。ご葬儀についてはお身内だけで済まされるということだ。また局長は当分休まれるらしいので、『黄道(こうどう)学園プロジェクト』の一時中止が決定した」

そう言った途端、誰も口には出さないが、明らかな失望と落胆の気配が室内に満ちた。強いリーダーシップを発揮していた梶原の不在は、一時中止も当然と彼らに受け入れさせるだけの説得力があったのだ。またあくまでも〈一時〉のことであると考えたのかもしれない。

教育事業推進部が進学塾業界第三位の『天能ゼミナール』と合併して独立、構造改革特区を利用した通信制高校『黄道学園』を開校する――

プロジェクトの全体を統括するのが梶原局長であり、その中核を担っているのが秋吉の指揮する第一課であった。

なにしろ、本体である千日出版からの独立というスキームを含むプロジェクトである。すでに決定済みの案件であり、オフィシャルに公表もされているのだが、当然ながらリスクも大きい。新会社への移籍を望まぬ者は、去年の段階で別の部署へ異動するか、退職するかしている。逆に言えば、教育事業推進部に残ってプロジェクトに取り組む者は、皆相応の覚悟でやってきたのだ。

そもそも教育事業推進部第一課には、意図的なものかどうかまでは定かでないが、経営陣の方針に批判的であったり、出版という事業そのものに限界を感じていたりする者が多く集められている。中にはあからさまにリストラ的に配置換えされてきた者もいる。課長である秋吉でさえ、社内で冷遇されていると感じたことは一度や二度ではない。それだけに、独立を伴う黄道学園の構想が持ち上がって以来、第一課の結束は他のどの部署より固いと秋吉は信じて疑わなかった。

そして梶原局長は、自らが楯(たて)となって部下を守りつつ、プロジェクトの顔として各種のメディアにも積極的に出演していた。

「部長から指示があり、一課は当面、コミック学参シリーズの企画資料作成に専念する」

「課長」

皆を代表するように挙手する者がいた。主任の新井(あらい)である。

「なんだ、新井」

「局長は確かにプロジェクト全体を主導しておられました。しかし、今はすでに一課、いや、推進部全体で目標に向かって邁進(まいしん)している段階です。局長にはお悔やみ申し上げますが、それで全体を止めてしまうというのは少々極端なんじゃないでしょうか」

ためらいの感じられる様子ながら、思いきったように新井は言った。『推進部』とは、教育事業推進部の社内における略称である。

彼の発言に、他の多くの部下達が頷いている。

「君の言うことはよく分かる」

管理職として、秋吉は全員の顔を見渡しつつ発した。

「正直に言って、私も皆と同じ思いだ。しかし、あくまでも一時的な処置であって、別に中止というわけじゃない。これは私の考えだが、そう長いものではないと思う」

「その、一時的に止めるってのも納得いきません。我々みんな、各方面との交渉を進めている真っ最中です。たとえ一時的なものにせよ、ここで止めたらプロジェクトにとってデメリットが大きすぎます」

新井はなおも食い下がってきた。もっともな指摘である。

現に、ほかならぬ秋吉自身が天能ゼミナールとの詰めの打ち合わせをまとめてきたばかりである。あれから二時間と経たぬうちに、「一時中止」と先方に伝えねばならないのは気が重いどころの話ではない。

「どうなんですか、課長」

不安を隠しきれない面持ちで新井が詰め寄るように前へ出た。

彼の妻は第二子を妊娠中だと聞いている。資本的には系列下にあると言っても、千日出版本体を出て新会社の起ち上げに参加することは、彼にとっては極めてリスクの大きい決断であったことだろう。今ここでプロジェクトが頓挫することにでもなったりしたら、会社に自分の居場所はないものと恐れているのだ。

ここで強引に押しきるのはまずい――

「君達の言うことは分かった。プロジェクトの行く末を憂慮するのは当然のことと思う。私の方でもできるだけのことはやってみよう。ただし、局長にご不幸があったことを忘れてはいけない。それを念頭に置いて、しばらくはコミック学参シリーズの方に専念してくれ。また言うまでもないと思うが、社の内外にあらぬ噂が立ってはご遺族にご迷惑がかかるばかりでなく、プロジェクトにとっても大きなダメージとなる。

その点はくれぐれも留意して、根拠のない憶測に踊らされることのないようにしてほしい」

「はい」

全員が納得したように着席する。さすがに常識的な判断と配慮が働いたものと見える。

「沢本君、前島君、ちょっと」

秋吉は二人を自席の前に呼び寄せ、小声で話した。

「聞いた通りだ。新井君じゃないが、俺だっておかしな話だとは思ってる。さっきの部長の様子も、どこか変じゃなかったか」

二人は無言で頷いた。

「部長は確か、『ご自宅近くのビルから転落した』とか言ってたな。どういう建物かは知らないが、幹夫君はどうしてそんな場所にいたんだろう」

沢本も前島も「さあ……」と首を傾げている。

「部長には弔問の必要はないと言われたが、今すぐは避けるにしても、常識的に考えてお伺いしてもおかしくはあるまい。いや、むしろ行かない方が不自然だ」

話せば話すほど、自分でもどんどん疑念が募っていった。いきなり「一時中止」宣告は、どう考えてもやはり普通ではない。

「局長のお宅には折を見てお伺いすることにしよう。俺はこれから関係各所を事情説明に回らねばならない。沢本君はその間、俺に代わってコミック学参シリーズの方を頼む」

「はい」

「前島君は社内の情報収集に努めてくれ。それもできるだけさりげなく、目立たないようにだ」

「分かりました」

自席へと戻る二人の背中を見つめ、秋吉は無意識にハンカチを取り出していた。そして冷房で乾ききり、汗など少しも浮かんでいないはずの額を何度も拭った。

午後九時過ぎになって、秋吉はようやく大田区北馬込の自宅マンションに帰り着いた。

「おかえりなさい」

玄関で靴を脱いでいると、出迎えた妻の喜美子がすぐに眉を曇らせた。

「何かあったの？」

「分かるのか」

驚いて顔を上げると、喜美子はただ穏やかに苦笑した。

「そりゃ、ね」

そうか、と言葉少なに応じる。

「ご飯、食べる？」

「ああ。でも先に風呂に入りたいな。今日も暑かった」

「今、春菜が入ってるの」

「じゃあ、しょうがないな」

ネクタイを外しながらダイニングキッチンに入る。娘の春菜が入浴中というのなら、ある意味好都合でもあった。

「で、何があったの」

手を洗ってから食卓に着いた秋吉の前に料理の器を並べ、喜美子が尋ねる。

「梶原さんの息子さんが亡くなった」

茶碗に飯をよそっていた喜美子が、手を止めて振り返った。

「幹夫君が？」

「ああ」

千日出版の創立記念パーティーやお花見の会などで、喜美子も梶原家の人達とは面識がある。梶原夫妻には中学三年生の幹夫と、小学五年生の沙織という二人の子供がいた。ことに明朗で礼儀正しい幹夫について、喜美子は折に触れ褒めていた。

「そんな、どうして」

「事故だそうだ」

「もしかして交通事故？」

「違う。高い所から足を踏み外したらしい」

「高い所って？」

「なにしろ今朝のことだから、まだ詳しいことは分からないんだ」

あえてぼかした言い方をした。妻によけいな心労はかけたくない。

「春菜がお風呂に入っててよかったわ」

浴室の方に目を遣って妻が漏らした。思いは秋吉とて同じである。

一人娘の春菜は、現在中学一年生である。毎日元気よく通学しているが、小学四年生のときにいじめに遭い、登校拒否に陥った。原因はクラスのボス的な女子の命令に逆らったことだった。それだけでなく、ルールを守らず専横的にふるまう彼女を学級会で批判した。その翌日から、春菜は女子全員から無視され、私物をゴミ箱に捨てられるなどの嫌がらせを受けるようになった。そうした経緯を秋吉が知ったのは、春菜が登校拒否を始めてから二週間後のことだった。

あのとき秋吉家はどん底の苦しみを味わった。日本の教育制度や法律は、被害者を救うようにできているとは言い難い。秋吉には、むしろ被害者をより苦しめ、加害者を守るようにできているとさえ思えた。

本来ならばいじめの元凶である生徒を罰するべきではないのか。しかし保身を第一と考える担任や校長はいくら訴えても責任を認めず、親切めかして転校を勧めるばかりであった。

仕事のつながりで面識のあった教育カウンセラーに相談すると、悔しいだろうが相手の責任追及は一旦忘れ、まず環境を変えること、そのためにも娘を転校させることが先決だと助言された。その人物の紹介してくれた私立校に転校させ、家族で過ごす時間を増やした。娘のためにできることはなんでもやった。

そうした必死の対処が功を奏し、やがて春菜の傷ついた精神は回復の兆候を示し始めた。そんな頃、普段は多忙を理由にパスしていた職場の花火大会に家族三人で参加した。そのとき春菜に朗らかな声をかけ、一緒に遊んでくれたのがほかならぬ梶原幹夫であり、妹の沙織であったのだ。それが娘によい影響を及ぼしたのは間違いない。

翌日から、娘は目に見えて明るくなった。

その幹夫が死んだなどと、春菜に到底聞かせられるものではない。

いや、いずれは話さなければならないだろうが、少なくとも詳細どころか真偽さえ疑わしいような現状では、迂闊に切り出すべきでないと思われた。

「それでな、例のプロジェクトが――」

「しっ」

箸を取り上げながらそう言いかけたとき、喜美子が鋭く秋吉を制止した。

「あ、お父さん、おかえりなさーい」

パジャマ姿の春菜がダイニングキッチンに入ってきた。まだ頬がピンク色に上気している。夏休みに入ったばかりだが、春菜は毎日バドミントンの部活で汗だくになって帰宅するという。小学生の頃に体験した暗黒をやっと抜け出してきただけに、気の合う仲間達との部活が楽しくてしょうがないのだろう。

「ああ、ただいま」

「お母さん、あたしもおなか空いちゃったー」

自分の椅子に座りながら、甘えたように春菜が言う。

「あんたはもうとっくに食べたでしょ」

「そうだっけ？　でも、おなか空くんだもん、この頃」

ぺろっと舌を出してみせる娘の様子に、秋吉は安堵し、また無上の喜びを覚えていた。妻が温めてくれたばかりの味噌汁を口に運ぶ。うまい。心に沁み入るようだった。

出し抜けに春菜が訊いてきた。

「ねえ、お仕事の方はどう？」

「えっ」

娘の黒い双眸(そうぼう)がダイニングテーブル越しにじっとこちらを見つめていた。

「どうしたんだ、いきなり」

そうごまかすのが精一杯だった。

「だって、気になるんだもの。黄道学園。来年の四月からでしょ、開校するの」

娘はどこまでも無邪気に言う。

秋吉の手掛ける『黄道学園プロジェクト』についての情報は、以前から家族の間で共有されている。

「いじめとか、そういうのが起こらないシステムなんでしょ？　あたし、毎日思ってるの。そんな学校、本当にできたらいいなあって」

「何言ってるんだ。お父さんはそのために頑張ってるんだぞ」

つい言ってしまった。後悔するがもう遅い。第一、この娘の前で、他に答えようがあっただろうか。

「春菜、この前頂いたクッキーが残ってるけど、食べる？」

喜美子がさりげなく焼き菓子の箱を開いてみせる。話を逸(そ)らそうとしているのだ。

「わあ、食べる食べる」

「飲み物はミルクでいいわね。もうこんな時間なんだから。この前みたいに紅茶のカフェインで寝付けなくなったら大変だわ」

「うん、ありがとう」

娘は早速クッキーに飛びついている。

妻に感謝の目を向けると、喜美子は「まかしといて」と言うように微かに頷いた。

2

翌日、秋吉は自席でパソコンのディスプレイを睨み、スケジュールの調整に専念した。

多岐にわたる関係各所へ足を運び、プロジェクトの一時中止に関する説明を行なわねばならない。詳しい事情をこちらが把握していない段階で一方的に中止を伝えるのは、ビジネスとしてあり得ないと言ってよく、心苦しい限りであった。だがそれでもやらねばならない。後になればなるほど、取引先の不信感を招くだけであるのも事実だからだ。

昨日の段階で、失礼とは思いながらメールや電話による連絡はできるかぎり済ませてあった。それでも実際に相手先に伺う必要がある。そのためのスケジュール調整なのだが、なにしろ数が多いばかりでなく、先方も多忙なので、どうしても都合がつかない相手が出てくる。まるで難易度の高いパズルでも解いているような気分になり、秋吉は朝から何度も舌打ちばかりしていた。

〈一時的〉と告げられた中止期間は、一体いつまで続くのだろうか。それすら分からないという現状が、どうにも歯痒(はがゆ)くてたまらない。

キーボードを叩いていた手を止めて、秋吉は引き出しから資料の束を取り出した。

梶原局長の指揮の下、これまで自分が身を削る思いでまとめあげたものだ。

『黄道学園』とは、来年四月開校を目指して千日出版と天能ゼミナールが準備を進めてきた通信制高校である。

他校とは決定的に異なるこのプロジェクトの最大の特徴は、最新のITを駆使して[引きこもり・不登校対策]を前面に打ち出した点にある。

一言で言うと、〈ネット上に在る学校〉か。

入学した生徒は新開発のインタラクティブ・VR・システムを装着して自室のパソコンに向かうだけでいい。SNSに参加するような気安さで〈学校〉にアクセス可能となる。つまり生徒は自宅にいながらにして、天能ゼミナールの誇る一流講師陣の授業を、まるで教室にいるかのような感覚で受けられるのだ。

そのために千日出版は、IT企業の雄『ジュピタック』と提携し、綿密なミーティングを進めてきた。ジュピタックの技術力があればこそ、黄道学園プロジェクトは初めて軌道に乗ったと言っていい。

さまざまな事情から引きこもりとなってしまった生徒を教育の場へ復帰させるにはどうすればいいのか。その難題解決に対する試みの一つが、黄道学園プロジェクトなのだ。

もちろん、リアル校舎である『本校』を設け、入学式、卒業式、体育祭、文化祭などのイベントも実際に挙行する。参加はあくまでも本人の意思で、ネットでも同時配信するから問題はない。コンセプトは［ネットのオフ会の延長］だ。

学校法人を設立して運営するため、授業料での収益はあまり見込めないが、関連する教材や機器の売り上げ、使用料で関係各社が回収するというビジネスモデルである。何より、千日出版にとってもジュピタックにとっても、教育関連事業で実績を挙げることによって企業イメージの大幅アップが期待される。

自ら作成した資料を読み返しながら、秋吉は三年前のことをまざまざと思い浮かべる。

我が子が不登校となる。それは親にとって、想像もしなかった――そして想像もしたくない状況である。そんな危機に直面した家庭にとって、黄道学園のような場があれば、どれほどの救いとなることか。秋吉は切実な思いを胸に抱いてこの仕事に取り組んできたのだ。

それはまた、秋吉自身の救いにもつながった。いじめや不登校という問題。それを根絶しようと努力するどころか、自ら助長し、発覚すると隠蔽してやり過ごそうとする教育現場。そうした現実に、自分が如何に傷ついていたのか。改めて思い知らされたようだった。

だからこそ、秋吉にとってこのプロジェクトは〈特別〉であったのだ。

資料の中に、二つ折りにされた厚紙があった。秋吉は格別の感慨を以てそれを開く。

「いじめや不登校に苦しむ子供達が、心から安心できる〈居場所〉となる学校。生徒に何も押しつけず、ただ生徒が安心できる時間と空間を提供する。登校さえ強制しない。勉強の仕方も、活動の仕方も自由である。

しかしそれは、生徒が自らの主体性を以て決定するものでなければならない。教師もまた、従来の価値観に囚われることなく、生徒の多様性を広く認め最大限に尊重する。

大学受験、海外名門校への進学等を希望する生徒には、最高の講師陣が全面的に指導する。そして最新テクノロジーにより、それらをすべての生徒に提供する。

黄道学園は、すべての生徒に自らの尊厳についての自覚を促し、その手助けをし、成長の機会を与える。そこに、従来の偏見や固定観念は無用である。生徒は、誰もが一人の人間として、自ら選び、希望した道を進むことができる」

それは、梶原が起草した黄道学園設立の理念であった。

梶原が筆を執ったとき、秋吉もその場にいた。秋吉の話を聞きながら、彼はすべての礎となる文を綴っていったのだ。

局長は、黄道学園に懸ける自分の気持ちを真に理解してくれていた――

だが「ネットを利用した通信制高校」というだけでは、似たようなアプローチを取っている先行他社と競合することはできない。そのため、天能ゼミナールと合併するという案が浮上し、社長の決断を経て採用されたのだ。

黄道学園のもう一つのポイントは、まさにその点にある。

すなわち、「東大をはじめとする一流大学への進学を可能とする」学力の涵養だ。

通信制高校というと、教育の機会を奪われた生徒への救済措置のようなイメージが世間ではまだまだ強い。意識的か無意識的かを問わず、生徒にも保護者にも抵抗感があるだろう。そうした従来のイメージを覆し、生徒の可能性をどこまでも広げるため、受験のエキスパートとして知られる天能ゼミナールの有名講師陣が個別に徹底指導する。

実際にこのプランが公表されたときには、受験業界が騒然となったものだ。

入塾テストの段階で並の大学よりも厳しいと言われる天能ゼミナールの講師が指導してくれるという事実。それは、「第一期生から東大合格者を出す」という目標を掲げた黄道学園の信頼性を、大いに担保するものとなったのだ。

そうだ、すでに公表済みのこのプロジェクトを、ここで消滅させてなるものか――

「課長」

不意に声がした。顔を上げると、デスクの前に前島が立っていた。

「よろしいですか」

「ああ」

頷くと、前島は心持ち身を乗り出すようにして小声で報告した。

「噂が急速に広まっているようです」

「どんな噂だ」

「局長の息子さん、事故ではなくて自殺じゃないかって」

「ちょっと待て」

前島を制止し、室内の様子を確認する。

沢本は大テーブルで数人の部下を相手にコミック学参シリーズについて説明している。他の者達はそれぞれ自席で仕事に没頭しているようだが、その実、密かに聞き耳を立てていないとは断言できない。

「別室で話そう」

「はい」

前島を連れてフロアを出た秋吉は、エレベーターホールに向かい、折よく到着したエレベーターに乗り込んで九階のボタンを押した。同階には、社員食堂とカフェテリアがある。

カフェテリアの方に入った秋吉は、機械的にコーヒーを二人分注文する。カップの載ったトレイを持って隅のテーブルに陣取り、前島に向き直った。

「で、どういうことなんだ」

「昨日第一報が入ったとき、総務課に居合わせたという社員を突き止めました。コミック編集部の青井（あおい）さんです」

初めて聞く名前だった。しかし千日出版は業界でも屈指の規模を誇る。離れ小島とも言うべき教育事業局にいる秋吉が知らない社員は無数にいた。

「コミック学参シリーズを大々的に動かしたいので、漫画家を紹介してほしいと言って話を訊きに行きました。それとなく誘導すると、すぐに乗ってきて、いろいろ話してくれました。要するに、総務課が梶原局長の件で大騒ぎしているとき内線電話が入って、受けた人が『えっ、自殺?』とか声を上げていたと」

「内線? 誰から」

「そこまでは分かりません」

「それを目撃した青井が噂の出所というわけだな」

「ええ。すぐに上司から口止めされたそうですが、一度広まると、もう……」

「本当なのか、自殺ってのは」

「総務に同期の友人がいるので、単刀直入に訊いてみました。すると、総務でも事実関係は把握しておらず、どう対処していいか困っているということでした」

　秋吉は目の前のコーヒーに視線を落とす。胃の具合が芳しくなく、カップを取り上げる気にもなれなかった。

「局長のご自宅には、確か昨日、倉田常務が行かれたはずですよね。常務はなんと？」

　逆に前島から質問された。

「今朝小此木部長にも確かめたんだが、どうにも要領を得なかった」

　そう答えると、前島は「ああ……」という顔で頷いた。何事も曖昧にして自らの立場を鮮明にしない。それが最良の処世術であると小此木は信じ込んでいる。少なくとも、第一課の課員達は小此木をそういう人物であると認識している。

「分かるような気がします。部長が明言を避けたのも」

　カップを取り上げて、前島が意味ありげに呟いた。

時に応じて切れ者らしくふるまってみせる。それが前島の得意技であり、秋吉が自らの補佐である彼女を全面的に信頼しきれぬ理由であった。

だが今は、秋吉も前島とまったく同じことを考えていた。

「梶原さんは新会社の代表としても、プロジェクトの顔としても、これからもっともっと前面に出てもらわなくちゃならない。幹夫君が自殺だとすると、梶原さんにとってはつらいなんてもんじゃない。プロジェクトへのモチベーションを完全に喪失したとしてもおかしくはないと思う。一方で、会社にとってはどうだろう」

前島の意見を聞くつもりで振ってみたのだが、それには答えず、彼女はただじっとこちらの発言を待っている。

自らの責任となりそうなことは絶対に口にしない。それが彼女の慎重さであり、狡猾さであった。

秋吉は心の中でいまいましく思いながら自分で続ける。

「理想を掲げた黄道学園の顔となるリーダーの息子が自殺した……となると、会社としてはかなり困ったことになるだろう。夏休み明けには生徒募集を兼ねた説明会やイベントがいくつも企画されてる。引きこもりや不登校対策に悩んでいる親御さんから、ここなら任せられると信頼してもらうことが必要な時期なんだ。今その信頼を損なうようなことになったら、プロジェクトそのものの成否に関わる」

「だから会社は事故ということにしておきたい、とおっしゃっているのですか」

「推測だよ。証拠はない」

そう答えてから、自らの考えをこちらに言わせる前島の話法に腹が立った。

「プロジェクトが失敗したら、困るのは君だって同じはずじゃないか」

前島は何も答えない。

秋吉はつい嫌味を言ってしまった自分自身に、どうしようもない苛立ちを覚えた。

「俺が言いたいのは、事故であろうと、自殺であろうと、幹夫君は帰ってこないし、梶原さんの悲しみに変わりはないということだ。そこに会社の都合を持ち込むべきじゃない」

「なんだか矛盾してませんか」

コーヒーを一口含み、前島が冷静に告げる。

「何が」

「プロジェクトが失敗したら困ると言いながら、会社の都合を持ち込むべきじゃないと言う。一体どう解釈すればいいのでしょう」

あくまで「上司の指示を待つ部下」を装っている。

腹立たしいが、冷静な分だけ理は前島の方にあった。

秋吉は視線を落として自分のカップを覗き込んだ。どす黒い液体に対し、やはり胃が摂取を拒否している。

「俺は直接倉田常務に当たってみる。君は引き続き社内で情報を集めてくれ。それと、この件に対して一課のみんながどう感じているか、さりげなく様子を見てほしい。いいか、あくまでさりげなくだ」

「分かりました」

「頼んだぞ」

コーヒーを飲んでいる前島を残し、立ち上がって出口へと向かう。

「課長」

背後から呼びかけられて振り返る。

「なんだ」

「コーヒーごちそうさまです」

何も答えずカフェテリアを後にした。


しかしその日は、倉田常務との面会は叶わなかった。常務には終日社外での予定が入っているというのである。また秋吉にも、社外に出向く用が何件もあった。

午後七時半頃社に戻り、常務の秘書である上山(かみやま)に連絡を入れたが、まだ戻っていないということだった。

直接の上司である部長の小此木を飛ばし、課長が連絡してくることを上山秘書は訝(いぶか)

しんでいるようだった。それでもある程度は事情を察しているのだろうか、こちらを咎めるような態度は見せなかった。

もしかしたら帰社するかもしれないと思い、九時頃まで待ってみた。しかしどうやら本当に社に戻る気配はないようだった。

秋吉はやむなく九時半過ぎに社を出て帰宅の途に就いた。

翌朝、一番に常務の執務室へと向かった。その日は一旦出社してから外に出る予定だと上山から聞いていた。

「困るなあ、秋吉君」

常務の執務室へと続く秘書室で、上山とともに待っていたのは、倉田ではなく小此木であった。

「常務はお忙しい身なんだ。君だってそれくらい分かるだろう」

さして立腹した様子もなく、小此木は妙に淡々とした口調で言った。

「何かあったら、僕に言ってくれよ。これじゃ上司の立場がないじゃない」

はっはっはっ、と棒読みに近い発音で笑った。不自然極まりない下手な芝居だ。

「それで、常務に一体なんの用なの？　もしかして僕の悪口？」

面白くもない冗談は無視するのが一番である。

「局長のご子息の件で……」

「そうだろうと思ったよ」

秘書の方を横目で見ながら小此木が言う。上山は聞こえていないふりをして自席でパソコンを見つめている。

「詳しい事情を伺わないことには、皆も落ち着いて仕事ができませんので、一刻も早くと思い……」

「うん、分かるよ。一課を直接指揮しているのは、なんてったって君だものね」

小此木は〈話の分かる上司〉の顔を作り、

「僕がちゃんと説明できなかったのがいけなかったんだね。不信感を抱かせちゃったみたいで申しわけない」

「いえ、そんな」

「いいからいいから。社内に変な噂が流れてるみたいだし、この際はっきり言おう。僕だけじゃない。常務も専務も、警察からの連絡待ちで、よく分からないというのが本音なんだ。ご子息がどうしてそんなビルに行ったのかとか、自殺するような心当たりは本当になかったのかとかね」

さすがにこのときばかりは真面目な顔で小此木が続ける。

「昨日駆けつけた倉田さんの話では、そもそも梶原さんご自身がよく分からないとおっしゃっていたらしい。なんと言ってもご子息を亡くされたばかりだ。倉田さんもそれ以上追及するわけにいかず、困っておられた」

視界の隅で、いつの間にかこちらを見ていた上山が「本当だ」と言うように頷いた。

「いいか、秋吉君、これはここだけの話にしてほしいんだが、警察の調べによっては、自殺とか、もしかしたら、こんなことは言いたくないけど、何か事件に巻き込まれた可能性だってあるわけじゃないか」

殺人事件——ということか。

「そうなってくると、対外的にどう対応するか、社としても大変難しい問題になってくる。僕の一存で適当なことを言うわけにもいかなかったんだよ」

「そうだったんですか……」

「たぶん、もう少しすればはっきりしたことが分かると思う。君も大変だろうけど、それまでみんなを抑えててくれないか」

「分かりました」

小此木と上山に一礼し、部屋を出た。

事情は分かった。しかし、すべての霧が晴れたとは言い難い。

第一に、秋吉の知る幹夫は、自殺などするような少年ではない。また、事件に巻き込まれるような人間関係とも無縁としか思えない。

第二に、小此木の対応の変化である。基底にある小此木という人物の本質に変わりはないが、昨日までの曖昧さと、先ほどの明瞭さの間にはかなりの隔たりがあった。

倉田常務に自分がしつこく迫ったため、その防波堤になろうとしたとも考えられるが、どうもそれだけではないように思える。倉田と小此木との間にそこまでの信頼関係があったなら、第一課の職場環境はもっと違ったものになっていたはずだからだ。千日出版の教育事業局は社内で孤立、とまではいかないが、少なくとも浮いた存在であることは間違いない。そのことは天能ゼミナールとの合併、独立という発案の前提ともなっている。社長マターではあるが、今日まで教育事業局を支えてきたのは常務でも専務でもなく、あくまで梶原局長なのだ。

まだ何かある——

エレベーターを待ちながら、秋吉はそんな疑念を深めていた。

六階の第一課に戻ると、部下達の視線が一斉に自分へと注がれるのを感じた。

「課長、ちょっとあちらでご相談が——」

すばやく近寄ってきた沢本が、自分を室外へ連れ出そうとする。一呼吸遅れて前島も慌てて立ち上がる。

だが遅かった。

「待って下さい、課長」

主任の新井を先頭にした一団が、興奮した面持ちで詰め寄ってきた。

「お話があります」

「言ってみろ」

「倉田常務は結局なんと？」

「それが、まだ会えずにいるんだ」

秋吉は小此木から聞いたばかりの説明を繰り返した。しかしそれは、新井達にさしたる感銘を与えなかったようだ。

「いかにも部長や常務が言いそうですね」

会社員にあるまじき不遜（ふそん）さに、秋吉は怒るというより、不審を覚えた。

「何が言いたいんだ、君達は」

「課長は局長の息子さんが引きこもりだったって知ってますか」

新井の発したその言葉は、秋吉の中の〈何か〉に触れた。

「馬鹿を言うなっ」

我知らず怒鳴っていた。

「おまえ達は幹夫君の何を知っているって言うんだっ」

新井に駆け寄って胸倉をつかみ上げる。

「あの子はな、うちの娘を気遣って、励まして、あんなに心配してくれたんだ。ああ、そうだ、おまえ達も知ってるだろう、引きこもっていたのは俺の娘だっ。娘が立ち直る手助けをしてくれたのが幹夫君なんだっ。その幹夫君が、引きこもりなわけないだろうっ」

自分はどうしてこんなに激昂しているのだろう――

行動に反し、心の奥でぼんやりとそんなことを考えた。

娘を励ましてくれた幹夫への侮辱は許せない。だがそれを侮辱と感じるということは――

狭い自室に閉じこもったきり、秋吉や喜美子の呼びかけにまったく応じなくなってしまった春菜。保護者の間を走り回り、ようやく娘がいじめられていたという事実を知った瞬間の放心。学校や教師の無責任さに呆然とした。いじめを主導していたという女子が見せた薄笑い。関係ない、何もしてないと言い張る取り巻きの生徒達の顔。彼女達の両親の迷惑そうな態度。そんな記憶が渦を巻く。屈辱と煩悶とが胸を破って躍り出る。

「おまえは、それを梶原局長に言えるのかっ」

そうだ、これは自ら先頭に立って引きこもりをなくそうとする梶原局長への侮辱でもある――

「課長、やめて下さいっ」

背後から沢本が懸命に引き剥がそうとしている。他の部下達も一斉に割って入った。

「放せ、沢本っ」

部下達を振り払い、大声で叫ぶ。

「幹夫君が引きこもりだなんて、そんなデタラメ、どこで聞いてきたっ。言えるもんなら言ってみろっ」

「新創書店の緒形さんですっ」

新井が怒鳴り返した。

驚愕のあまり、秋吉は全身の動きを止めてまじまじと相手を見つめる。

新創書店もまた由緒ある老舗出版社であり、同社のベテラン編集者である緒形は秋吉もよく知る人物である。決して根拠のないデマや偽りを振りまくような男ではない。

「新創の緒形さんは局長のご自宅近くに住んでて、息子さんは小学校まで幹夫君と一緒だったそうです」

息を弾ませながら、新井が続ける。今や全員が声もなく聞き入っていた。

「中学校は別々ですが、近所だから噂が耳に入ってきて……幹夫君は、夏休みに入る少し前から、学校には行かなくなっていたって」

「それがどうした。やっぱりただの噂じゃないか」

「噂じゃないからこそ、上は動揺してるんだ。引きこもり対策を謳った学校をこれからスタートさせようってときに、トップの息子が引きこもった挙句に自殺した。そんな事件が表沙汰になったら、学校の信用は台無しだ。少なくとも志望者の激減は避けられない。違いますか」

「新井、言っていいことと悪いことがあるぞっ」

「僕達は残りの人生をこのプロジェクトに懸けて今日までやってきたんだ。課長は僕達の気持ちが分からないとおっしゃるんですか。いや、もしかしてすでに上から何か言われたんじゃないですか」

「なんだとっ」

　再び激情に駆られた秋吉を、沢本と前島が全力で室外へと連れ出そうとする。

「聞いて下さい、課長っ」

　耳許で前島が何かを伝えているようだ。だが喧噪と怒号でよく聞き取れない。

「聞こえますか、幹夫君は……幹夫君は……」

「幹夫君がどうしたっ」

　ドアの外に出た所で、前島が囁くように、またきっぱりと言い切った。

「幹夫君が引きこもりだったというのは本当です」

　まじまじと前島を見つめる。

「本当か」

　かろうじてそれだけを喉から絞り出した。

「本当です」

単純な問いにふさわしい必要最低限の答えであった。

「どうしてそんなことが言える」

「昨夜、七時頃でしたか、その話を耳にして、すぐに緒形さんに連絡したんです」

「俺に報告しなかった理由は」

「外に出てご不在でした」

七時なら確かに社外だった。

「まあいい。それで」

「緒形さんは電話では話しにくいと。直接来てくれるなら話すと言われました。それで私は、直帰の予定にして指定されたレストランに行ったんです。新創書店の近くの店です。夏休みの前なのに、学校に行ってなかったらしいと。緒形さんはご自身の知っておられる限り、詳しいお話を聞かせて下さいました。

「どれくらい前なんだ」

「終業式の一週間くらい前からだったそうです」

一週間か。微妙なところだ。

「テスト休みだったのかもしれないし、最近の子供は受験勉強のために学校を休むって言うぞ。ましてや幹夫君は中三だ」

「いえ、幹夫君はそうじゃなかったようです」

「どうして分かる」

「近くに住む人が言い争っている幹夫君とお母さんを見たって。その内容からすると、やはり――」

「それを信じたというのか」

「充分な説得力があると感じましたので」

無言で前島の双眸の奥を覗き込む。同じく無言で、前島は秋吉の視線を受け止めた。

「昨日のうちに電話の一本でもくれりゃよかったのに」

「今朝ご報告しようと思ってたんです。まさかこんなに早く騒ぎになるなんて」

「分かった。ちょっと出かけてくるから、沢本君は後を頼む」

「後をと言いますと」

怪訝（けげん）そうに沢本が聞き返してきた。

「課の指揮に決まってるだろう。君は課長代理じゃないか。前島君は一緒に来てくれ」

頷いた前島が室内に戻った。バッグを取りに行ったのだ。

「課長、それでどちらへ行かれるんですか」

重ねて問う沢本に、

「現場検証だ」

つい荒々しい口調で応じてしまった。自制心が利かなくなっているのだ。

「えっ、まさか局長のお宅へ行かれるつもりじゃ」

「そこまではしない。第一、部長に止められてるしな」

「じゃあ、一体――」

それには答えず、

「誰かに訊かれたら打ち合わせに出たと言っといてくれ。帰りは未定だ。頼んだぞ」

背後に前島の足音を聞きながら、秋吉はエレベーターホールへと急いだ。

3

梶原局長の自宅は荻窪(おぎくぼ)のマンションで、秋吉は何度も訪ねたことがあった。駅から徒歩十分。青梅(おうめ)街道からも環八(かんぱち)通りからも離れているので、閑静(かんせい)な暮らしやすい立地と言えた。

だが目的地は局長のマンションではない。炎天下の住宅街を、秋吉は前島と並んで歩き回った。

「緒形さんの話からすると、現場はあそこみたいですね」

スマホで地図を見ながら前島が言う。彼女の指差した先には、ビルというより、団地のような建造物が聳えていた。外見は団地に似ていても、一棟だけであるから厳密には団地ではないと思われる。また遠目にも人が住んでいるようには見えなかった。

「とにかく行ってみよう」

その建造物を目指して進む。細い路地を抜けると、目の前に錆びついた鎖で厳重に施錠された鉄製の門が飛び込んできた。

五階建てで周囲は古いフェンスで囲まれており、褪色した「立入禁止」の看板が立て掛けられている。その横には、解体予定を記した工事確認表示板が掲げられていた。それによると、解体工事は来週から開始される予定になっている。建物の名称は『おぎくぼ昭和マンション』。おそらくは昭和の中期以降に建てられた民間の共同住宅だ。当然ながら敷地内に入ることはできないが、フェンスの向こうはコンクリート敷きになっている。屋上から落ちたのならまず助からない。

「こんなものか」

秋吉は思ったままを口にした。

「何がです？」

「ここで人が死んだんだ。もっとこう、警察のブルーシートとか、黄色いテープとかが張り巡らされてるもんじゃないのか」

「幹夫君が発見されたのは二日も前なんですよ。もう撤去されたんじゃないですか」

「警察が調べてるって話だったじゃないか。これじゃ、通り一遍のことしかやってないように見える」

「通り一遍って、言い方は悪いですけど、やるだけのことはやったとも言えませんか。その上で事件性がなかったからこそ、警察は現場を保全する必要はないと判断した、とか」

前島の説の方が合理的であることは秋吉も認めざるを得なかった。

目の上に掌（てのひら）をかざして日光を遮（さえぎ）りながら、廃墟（はいきょ）を見上げる。やはり人の気配はない。

秋吉の子供時代、こういう団地タイプの物件はまだ各所に残っていた。最近では、バブルの時代に壊されず生き延びた団地をリフォームして暮らすスタイルが流行っていると聞いたことがある。しかしここはそんな対象にさえならなかったようだ。

「こちらからは見えませんが、ちょうどこの反対側が駐車場になっていて、幹夫君は屋上からそこへ転落したそうです」

見えなくて幸いだと思った。血痕が残っていたりしたらと想像すると、それだけでもう耐えられそうにない。

そんな秋吉の内心を見透かしたように、前島が皮肉めかして言う。

「現場検証に来たんじゃなかったんですか」

「俺は刑事じゃないぞ」

そう答えるのが精一杯だった。

ごまかすわけではなかったが、秋吉は目の前のフェンスを指でつつき、

「このフェンスを乗り越えて、幹夫君は中に入ったって言うんだな？」

「私に言われましても」

冷ややかに前島が応じる。当然の反応だ。

平静を保ちつつ次に屋上を指差して、

「そしてあそこから落ちた。鍵とかは掛かってなかったのか」

「掛かってたかもしれないし、掛かってなかったかもしれません。そもそも、敷地内には入れないようになってますから、どっちだってアリでしょう」

前島も頭上を見上げ、考え込むようにして答える。

「見ろ、屋上には転落防止の柵が巡らせてある。うっかり足を踏み外したなんてことはあり得ないぞ」

「それがそうでもないようなんです」

「どういうことだ」

「ちょっと回り込んでみましょう」

こちらの問いには答えず、前島はフェンスに沿って歩き出した。さすがに暑そうだ

が、すでに汗だくの秋吉ほどではない。こういうとき、若さとは実に得難いものであったのだと痛感する。四十前の秋吉も社の幹部の前ではまだまだ若手扱いされたりするが、娘の引きこもりの際に心身をすり減らしたせいだろうか、あれ以来体力の衰えを自覚することが多くなった。

半ばくらいまで雑草に覆われたフェンス沿いに歩いていると、間もなく反対側に出た。

「あっ、あれですよ、見て下さい」

前を歩いていた前島が足を止める。

生々しい血の痕、もしくは白いチョークの線で囲まれた人形が見えるかと想像し、秋吉は目を背けかけたが、幸か不幸か、敷地内の木立に隠されてそこまでは見通せなかった。

精神的な反動か、後ろを振り返ると、新しい低層マンションや民家が見えた。二階以上の部屋からは敷地内が丸見えのはずだ。現にマンションのベランダや民家の物干しには洗濯物が干されていた。ここ数日雨は降っていない。朝洗濯物を干そうとしたら、敷地内の墜死体に否応なく気づくだろう。

「どこ見てるんですか。そっちじゃありませんよ、あそこです」

前島が指差しているのは地上ではなく、屋上の方だった。

「ほら、あそこ、柵が一部途切れてるでしょう……あ、あっちもです、分かります？」

「ああ、見える」

彼女の指摘する通り、柵が途切れていたり、折れ曲がっていたりする箇所がいくつか見受けられる。

前島はスマホを向けて屋上部の写真を撮った。

「解体は何年も前から決まってたらしいんですが、相続のゴタゴタかなんかで、工事に取りかかれず長い間放置されていたんです。緒形さんの話では、勝手に入り込んだ高校生が柵を壊して警察に補導されたとか。なにしろ取り壊しが決まってる建物ですから、特に修理もされずそのままになっていたと」

「ちょっと待ってくれ」

前島の話を遮って、秋吉は背後のマンションの入口脇に設置されていた自販機に歩み寄り、ペットボトルの緑茶を二本買った。

言いたいことは何点かあったが、暑さのあまり舌が干涸(ひか)らびたようになってうまく喋(しゃべ)れそうにない。もしかしたら、舌の異変は単に暑さのせいだけではないのかもしれなかったが、あえて深く考えないように心掛けた。

一本を前島に渡してから、自分の分を開栓して三分の一ほど一気に飲む。ようやく舌に潤いが戻ってきた。頭の中で考えを整理しながら、さらに三分の一くらい飲む。

「仮に幹夫君がフェンスを乗り越え、無断で中に入ったとしよう。そして屋上まで上がった。落ちたのが夜だとしたら、足許は当然暗い。何かにつまずいて柵の切れ目から転落したって不思議じゃない。しかしだよ、なんのためにこんな所に入り込んだんだ。なんらかの目的がなきゃ、夜中にわざわざそんなことしたりするもんか」

ペットボトルを口から離した前島は、ゆっくりと蓋を閉めながら言った。

「なんらかの目的って、課長は一体なんだと思われますか」

「だから言ったろう、俺は刑事じゃないって」

「幹夫君のことをよく知っていた人として訊いてるんです」

前島の考えが読めてきた。秋吉は心の中で身構える。

「課長には申しわけないのですが、私には自殺くらいしか思いつかないんです、そんな理由なんて」

「確かにそれなら説明がつくかもしれない。だが俺にはどうしても……」

「分かってます。緒形さんに伺ったお話の核心もそこなんです」

飲みかけのペットボトルをバッグにしまい、前島は余裕に満ちた口調で続ける。

「このマンションには、以前幹夫君の幼馴染み(おさななじみ)の子供が住んでいたそうです」

「幼馴染み？」

「ええ、幼稚園からずっと一緒だった男の子で、幹夫君はよくこのマンションの屋上でその子と遊んでいたそうなんです。二人が小学校二年生のとき、ここの取り壊しが決まり、その子はどこかへ引っ越していきました。幹夫君はとても悲しんで、大声で泣いてたって、緒形さんの息子さんが」

「その息子さんも、二人と仲がよかったのか」

「いいえ、同学年というだけで、そこまで親しくはなかったそうです。幼稚園も違っていたということですし。ただ、二人がとても仲よしだったことだけは強く印象に残っていると」

「なんて名前？」

「緒形さんは実名は出されませんでした」

「その幼馴染みの子と幹夫君とはその後……」

「分かりません。緒形さんが息子さんに訊いてみたところ、少なくとも交流は途絶えているようだったということでした」

秋吉は黙って残りの茶を飲み干した。補給したばかりの水分が頭頂部からすぐに蒸発していくようで、どうにも考えがまとまらない。

「一旦引き上げよう。駅前のカフェにでも待避しないと、このまま焼け死んでしまいそうだ」

前島も素直に同意する。

「そうですね。事件の現場で長々立ち話してると、不審者と思われて通報されかねませんから」

「やめてくれ。そんなややこしい事態になったら目も当てられん」

現場はもう充分に見た。秋吉は自販機の横の回収箱にペットボトルを投げ入れ、もと来た道を引き返そうとして足を止める。

「どうかしたんですか」

「大事なことを忘れていた」

マンションに向かって両手を合わせ、瞑目（めいもく）する。

幹夫君——

最初に拝むつもりでいたのに、自分で思っている以上に動転しているようだ。フェンスの周囲を回ったとき、献花などが一つも目に入らなかったせいかもしれない。

すまない、幹夫君——どうか安らかに眠ってくれ——

目を開けると、隣で前島が同じように手を合わせていた。

秋吉は背後の自販機でオレンジジュースを買い、フェンスの側（そば）にそっと置いた。

「よし、行こうか」

前島を促して歩き出す。

荻窪駅前まで戻り、適当な店に入った。

メニューも見ずにアイスコーヒーを頼んでから、出された水を一気に呷る。それにしても暑い日だ。前島はアイスティーを注文していた。

ふう、と息をついてコップを置くと、前島はスマホで何やら検索しているようだった。自分に比べて涼しそうなその横顔が、なんとなく癪に障る。

「これ、杉並区のホームページなんですが、さっきのマンション、梶原局長のご自宅と同じ学区です」

差し出されたスマホの画面を一瞥して、

「それくらい、君なら昨夜のうちに調べたと思っていたけど」

「はい、調べました。でも直接ご確認したいだろうと思って」

「それはありがたいね」

言葉に自ずと皮肉が混じる。

ことあるごとに自分の有能さをアピールしたがるのが前島の特徴だが、少なくとも自分とは波長が合わないようになっているらしい。

それは前島の方でも察しているとは思う。しかし課長と課長補佐という関係上、お互い気づかぬふりをしている。それなのに、こんなときにまたしても表面化させてしまい、前島も間が悪そうだった。

言い過ぎたか——さすがに秋吉も後悔を覚える。何もかも暑さのせいだ。

「前島君、さっきの話だけどね」

ばつの悪さを強いて頭から払いのけ、おもむろに切り出す。

「論点を整理してみよう。要するに、昔仲のよかった幼馴染みを偲んで、幹夫君はあのマンションに行った可能性があるということだね」

「その通りです」

前島はこだわる素振りなど欠片も見せずに肯定した。それが演技なのかどうかまでは、冷ややかな——少なくとも自分にはそう見える——彼女の外見からは分からない。

「幹夫君は普段からあそこへよく行ってたのかな。例えば、何か嫌なことや、つらいこととかがあったりしたときに」

「そこまでは緒形さんも……だけど、あり得るとは思います。幼馴染みの子への思い入れがどの程度かにもよるでしょうけど」

そこへウエイトレスが注文したドリンクを運んできた。

秋吉はストローの包装紙を破きながら考える。

やはり、どう考えても——

「幹夫君は責任感の強い少年だった。今どき珍しいくらいのな。仮に彼がなんらかの理由で自殺しようと考えたとき、家族や隣人に迷惑のかかる自宅マンションからの飛び降りは絶対に避けるだろう。他のマンションやビルも論外だ。では学校はどうだろうか。これもダメだ。級友達に与えるショックが大きすぎる」

ストローに口を付けようとしていた前島が顔を上げる。

「課長が幹夫君に感謝していたことは知っています。故人を貶めるつもりはありませんが、幹夫君のこと、過大に評価しすぎなんじゃないでしょうか。死を意識した人間、それもまだ中学生の子が、人の迷惑をそこまで考えたりするなんて、私にはとても……」

彼女の顔に、軽侮の色がわずかに覗いた。さすがにそれは当然だと自覚する。

「君がそう言うのももっともだ。だけどね、幹夫君は本当にそういう子だったんだ」

「じゃあ、幹夫君がいじめられていた可能性は？　当てつけとか、告発とかの意味で自殺するケースはよくあります」

秋吉はゆっくりと首を左右に振る。

「それも考えられない。幹夫君はクラスの学級委員でね、常に周囲を気遣っていた。いじめられているクラスメイトを助けることがあっても、彼がいじめられるなんて——」

「全部課長の思い込みじゃないですか」

前島が呆れたように声を上げた。

「まるで昔の少年漫画みたい。いえ、私が子供の頃だって、そんなパーフェクトな優等生が出てくる漫画なんてありませんでしたよ」

反論はない。自分でも話していて信じられないくらいだ。

しかし——実在したのだ、梶原幹夫は。

「何をおっしゃりたいんですか」

アイスコーヒーのグラスを見つめたまま黙っている秋吉に、前島が問う。

「いやね、辻褄が合うような気がしたんだ。幹夫君みたいな少年が自ら死のうと思ったとき、あそこなら誰にも迷惑をかけることはない。なにしろ取り壊しの決まっている廃墟だからね。小学校二年のときに別れた友達のことをどこまで想っていたかは知らないよ。だけど、死ぬのに最適な場所としてあそこを思いつくきっかけにはなったと思う」

「それって、幹夫君は自殺だと考えてるように聞こえるんですけど」

「だがあの子が自殺するとは思えないのも確かなんだ」

「一体どっちなんですか」

「それが分かれば苦労はしないよ」

「でも、引きこもっていたのは事実なんですよ」

「そうは言ってもたった一週間じゃないか。夏休みが始まって以降は家にこもっていたって不思議じゃない」

我ながら無責任でいいかげんな言い草だと思った。しかし、ほかに言いようはない。結局は推論ばかりで、具体的な根拠は何一つない。現場周辺の様子は分かったが、それだけだ。

「自殺じゃないと言いながら、お話を聞いてるといよいよ自殺に思えてきます。課長だって、本当は自殺だと思ってるんじゃないですか」

そう指摘され、秋吉は言葉を失った。

違う、俺は――いや、もしかしたら俺は――

冷房の効いた店内で、前島は静かにアイスティーを飲んでいる。どこまでも冷静に。そしてこの上なく涼しげに。

だからこそ自分は彼女とは合わないのかもしれない。

秋吉は目の前のグラスをつかみ上げると、ストローは使わず、アイスコーヒーをブラックのまま二口で飲み干した。グラスを必要以上に満たした氷のため、量はごく少なかった。消費税が上がって以降、世間は世知辛くなる一方だ。

「社に戻ろう。午後に外せない用が入っている」

「私もです」

二人同時に立ち上がる。秋吉は伝票をつかんでレジに向かった。

千日出版の本社ビルに入った途端、秋吉のスマホが振動した。

「はい、秋吉です」

すぐに応答すると、小此木部長の声が飛び込んできた。

〈ああ、秋吉君、今どこにいるんだい〉

「申しわけありません、ちょうど帰ってきたところです。今、一階のエントランスに――」

質問しておきながらこちらの返答には興味がないと言わんばかりに、小此木は一方的に喋り出した。

〈さっき梶原さんから連絡があってね、警察から報告があったそうだよ〉

「それで、警察はなんと？」

目礼して先に行こうとしていた前島が、足を止めてこちらを見る。

〈それがねえ、どうにもはっきりしないそうだ〉

「はっきりしない、とは？」

〈現場に争った形跡はなかったから事件性はないみたい。そこに関しちゃウチとしてはホッとしたって言ったら言葉は悪いけど、まあそういうことだ。家庭にも学校にも問題なし、遺書とかそういうのもないし、自殺する理由はないっていうから事故なんだろうが、警察もはっきりとは言わないらしい〉

スマホを耳に当てたままエントランスホールの隅に移動する。前島も電話の内容が気になるようで一緒に寄ってきた。

「問題がなかったというのは本当ですか」

〈え、どこのこと?〉

「家庭にも学校にも、のところです」

〈ああ、そこは梶原さんも認めてるから本当だろう。幹夫君が自殺なんてするような子じゃないってことは、君もよく知ってる通りだよ〉

思いもかけず、さっき自ら前島に語ったばかりのことを言われた。

「ええ、それは……」

〈あ、それから、ご子息が亡くなったのはやっぱり夜中だったみたい。正確な時刻は聞いてないけど、幹夫君が家を抜け出したことはご家族の誰も気づかなかったって〉

「そうですか……」

〈ともかく、警察はもう少し調べてからまた連絡するって言ってるそうだから、我々としては、それを待つしかないんじゃないかなあ〉

心配そうに小此木は言っているが、何を心配しているのかは分からない。

〈秋吉君、君もいろいろ気になるだろうとは思うけど、もうちょっとだけ我慢してくれ。梶原さんも、警察から連絡があり次第連絡するって約束してくれてるんだ〉

分かりました、と答えて電話を切った。

「部長からですか」

早速訊いてきた前島に、その場で通話の内容を説明する。

「それって、なんだか変じゃないですか」

「君もそう思うかい」

「だって、なんのために夜中に抜け出してあんなとこへ行ったんです？」

「何か考え事がしたくて、思い出の場所へ行った……というのはどうかな」

「やっぱり変ですよ。昼間ならともかく、夜中になんて」

「そうだよなあ」

「それに、たとえ一週間とは言え、不登校の時期があるのに、父親である局長がそのことに触れないなんて」

前島の指摘する通りだと思った。

最寄り駅の九段下から歩いてくる間に噴き出した汗が、急速に引いていくのを感じる。

「警察はなんて言ってるんですか、その点について」

「部長は何も言ってなかった」

「自殺の理由がなかったって、警察はちゃんと調べてくれてるんでしょうか」

「夏休み中だからな。クラスメイト全員を個別に当たったとも思えない。旅行中の生徒だっているだろうし」

「課長……」

「分かってる。後で部長にもう一度確認してみるよ。とにかく戻ろう」

　エレベーターホールに向かい、ドアが開いていた一台に乗り込んで六階へ上がる。

　第一課のフロアに向かって歩いているとき、側面の通路から声をかけられた。

「おお、秋吉」

　驚いて振り向いた。

　管理統括本部人事課の飴屋三津稔課長であった。

「こりゃあ、いいところで会ったなあ」

「おまえ、どうして……」

　管理統括本部は別の階にある。飴屋が偶然六階にいたとは考えにくい。

「この暑いのに外回りか。見上げたもんだよ」

「だったら営業はもっと大変だろう」

「そうだなあ、営業は大変だなあ」

　こちらの皮肉など平気で受け流し、つかみどころのない態度で接近してくる。

　飴屋は秋吉の同期であるが、入社以来、まったく異なる道を歩んできた。教育関連書籍の編集一筋であった秋吉に対し、飴屋は主に総務畑を渡り歩いて、気がつけば社内でも独特の存在感を放っていた。だがそれは人に好感を抱かせるものではない。ことに業績不振の文芸編集部では、『秘密警察』あるいは『ゲシュタポ』の仇名で呼ばれているという。

「ちょっといいか、秋吉」

「いいよ、ちょっとだけなら」

そう応じながら背後の前島を振り返る。普段の彼女ならすぐに察して先に行くところだが、今は忠実な秘書のような顔をして控えたまま動こうとしない。飴屋がなんの目的で接触してきたのか、それだけ興味を惹かれているのだろう。

「どうだった、真夏の警察ごっこは。楽しかったか」

にやにやしながら親しげに訊いてくる。秋吉が飴屋と親密だったことなど一度もない。

「どういう意味だ」

「事故の現場に行ってたんだろう」

飴屋はごく自然に〈事故〉と言い切った。引っ掛かりを覚えたが、今はそれを咎めている場合ではない。

「誰から訊いた」

「訊かなくったって分かるよ、それくらい」

飴屋は質問を曖昧にはぐらかす。社内の誰かから聞きつけたことは間違いないだろうが、情報源を明かすほど甘い男ではない。

「幹夫君のご冥福を祈って近くから手を合わせてきただけだ。現場に入ってもいないし、もちろん梶原さんのご自宅には近寄っていない」

「そりゃあ、いいことをしてきたね。でもそういうのって、普通は休みの日にやるもんじゃないのかなあ」

反論できないところを衝いてくる。下手な言いわけはすべきでないと判断した。

「人事からすればペナルティだな。いいよ。好きにしてくれ」

すると飴屋は大仰な仕草で目を見張り、

「おいおい、そんなつもりで言ったんじゃないよ。僕はね、秋吉、ウチにとって君は得難い人材だと評価してるんだ」

「初耳だな」

「そりゃそうだろう。人事がいちいち評価を本人に伝えるわけないさ」

「だったらどうして教えてくれたんだ」

「君のためを思ってさ」

「俺のため？」

　飴屋は大きな顔を秋吉に近づけて、

「現場に行って何か分かったか。もし知っていることがあったら、僕にも教えてほしい」

「さっきも言っただろう、俺は幹夫君に――」

「それは分かってる。だけど、実際に行ってみて気がつくことだってあるかもしれないじゃないか」

「仮にそんなことがあったとして、どうしておまえに報告しなくちゃならないんだ」

「秋吉、君は自分がどれだけヤバい橋を渡っているか、分かっているのか」

　飴屋の口調がにわかに緊張を孕んだものに変わる。

　背後で前島が息を吞む気配がした。トラブルを巧妙に回避する手腕こそ最善の処世術と心得ているかのような彼女のことだ。きっとこの場にとどまったことを後悔しているに違いない。

「おまえが何を言っているのか、さっぱり分からない」

「なら、それでもいいよ」

　相手はあっさりと引き下がった。

「でもこれ以上、下手に動かない方がいい。君のためなんだ、秋吉」

「おい、それは一体――」

飴屋は秋吉の肩を軽く叩き、

「今度食事でもしようよ。新宿に牡蠣のうまい店があるんだ。また連絡するよ」

こちらの問いを封じて飴屋は飄然と去っていった。

振り返ると、前島が蒼白になってこちらを見つめていた。

「課に戻る前にちょっと休んでいこう」

前島は「はい」と小声で応じた。

エレベーターホールに引き返し、九階のカフェテリアへ直行する。

例によって隅のテーブルに座り、声を潜めて切り出した。

「さっきの飴屋、どう思った？」

前島はすぐには答えない。迂闊なことを言って自分の立場を悪くするのを恐れているのだ。

「心配するな。俺は自分の補佐である君の感想を求めているだけだ。何かあったとしても、責任は全部俺にある」

そう促すと、前島は思いきったように顔を上げた。

「飴屋さんは立花専務の派閥に属すると聞いています」

「君もやはりそれが関係していると思うのか」

彼女は無言で頷いた。

公然の秘密だが、現在の千日出版には深刻な派閥の対立がある。すなわち、晴田社長派と立花専務派の抗争である。

黄道学園プロジェクトは当初から社長マターであった。

そもそも梶原局長は、千日出版においては言わば外様で、もとは老舗教育系出版社『育草舎』の幹部であったことは社内の誰もが知っている。千日出版が育草舎を吸収した際、社長の強引な押しもあって現在の地位に就いたのだ。従って梶原は社長派ということになる。

専務派としては、何か口実を見つけてプロジェクトの破棄に利用したいところだろう。しかし社の信用に傷を付けては本末転倒の事態となる。第一、引き返せる段階はとっくに過ぎている。

いずれにしても、今度の件は処理を誤ると社内の勢力バランスに重大な影響をもたらしかねない。

「だから飴屋が探りを入れてきた、ということか」

「それと、口止めというか、牽制のニュアンスも感じられました」

「『よけいなことはするな』、だな」

「はい」

前島は不安そうな吐息を漏らす。彼女にしてみれば、妙なトラブルに巻き込まれて出世の芽を摘まれるのはそれこそ想像もしたくない災難に違いない。

どの会社でもそうだろうが、こうした対立は、一般の社員にとっては大いなる迷惑以外の何物でもない。しかもそれが己の将来に大きく関わってくるとなれば、身の処し方一つにも自ずと慎重になる。まったく厄介極まりない話であった。

「とにかく、今後はお互い行動には要注意だ。特に飴屋には気をつけることにしよう。社内ではどこに奴の内通者がいるか知れたものじゃないからな」

〈内通者〉などという言葉を使ってしまった己を秋吉は密かに恥じた。嫌悪したと言ってもいい。だがこの場合、他に適切な呼称は見つからない。

手つかずのコーヒーが載ったトレイをそのまま返却口に戻し、秋吉は前島と急いで六階に向かった。午後には来客の予定が詰まっている。それに種々の雑用も。

第一課のフロアに入ると、すぐに沢本がやってきて留守中の連絡事項を伝えてくれた。

「ありがとう。それで、みんなの様子はどうだった?」

声を潜めて尋ねると、沢本はさらに声を小さくして、

「一時的に収まってはいますけど、みんなだいぶ殺気立ってますよ。万が一プロジェクトがなくなったりしたら、一課の何人かは確実に会社から放り出されますから」

それは自分とて例外ではない——秋吉は先ほど飴屋から受けた恫喝を思い出した。

「みんな不安なんだろうな」

「情報が入ってこないってのもまずいですね。自殺なのか、そうでないのか。どっちかはっきりしてればまた違ってくると思うんですけど」

「部長の話では、少なくとも自殺ではないってことだった」

するると沢本は目を見開いて、

「ほんとですか」

「ああ。だけど警察ははっきりしたことは言わなかったようだ」

「なんだ」

あからさまに落胆した様子で沢本は続けた。

「じゃあ、いつはっきりするんですか」

「さあな。局長は警察から連絡があればすぐに報告すると言ってるらしい」

「早くしてくれないと……こんな状態が続いたら、みんなどうにかなっちゃいますよ」

それは秋吉も感じていた。ある程度の目途が立っていれば人間はなんとか耐えられる。しかし、それが分からないという状態が一番まずい。

社の幹部達も理解しているはずなのだが――

そのとき、課員の一人が自席から呼びかけてきた。

「課長、お客様がお見えです。ジュピタックの内藤様です」

見ると、片手に内線電話の受話器を持っている。

「分かった。二番の応接室にお通ししてくれ。すぐに行く」

秋吉は自席に戻り、必要な資料を手早くまとめてフロアを出た。

二番応接室に入ると、待っていた客が立ち上がる。全部で三人だった。一様に強張った表情を浮かべている。

「お待たせして申しわけありません」

丁重に謝りながら対面に腰を下ろす。内藤はジュピタック広報室の室長代理で、後の二人は内藤の部下だ。

用件は、一時中止となった黄道学園プロジェクトの広報活動についてである。

「……というわけで、あくまで中止ではなく、一時的なものですから、キャンペーンやイベントは予定通り進めて頂いて大丈夫です」

相手を安心させるため、自信ありげな態度を装って説明する。

内藤は安堵したようだったが、それでも幾分は不安そうな色を残し、

「梶原さんには本当にお気の毒でしたが、メディアもハコも押さえるのが大変で、こちらの都合でそうそう自由にはならんのです。本当にすぐに再開されるんでしょうね？」

当然の質問を投げかけてきた。

「明日とか明後日とかは明言できませんが、それは間違いありません」

「いや、そこは明言してもらいませんと。今ウチで押さえているハコ、例えば最初の説明会に使う山楠ホールの場合ですと、六十日前から五〇パーセントのキャンセル料がかかります。三十日前の場合は七〇パーセントです。六十日前はとっくに過ぎてますけど、三十日前のキャンセル期限はもうすぐですよ。これを越えてしまったら大変な損害です」

内藤は上目遣いに秋吉を見上げる。切迫した汗の臭いがした。

「ご懸念はごもっともかと存じます。しかしこのプロジェクトには弊社としても巨額の資金を投入しておりますし、御社以外にも多くの企業が参加しておられます。中止などあり得ませんし、三十日前のキャンセル期限までには必ず再開することをお約束致します」

「本当ですか」

内藤の目が眠たそうに細くなった。こちらの心底を見極めようとしているのだ。

ここで怯むわけにはいかない。下腹に力を込めて返答する。

「はい。仮に梶原の復帰が遅れたとしても、他の役員が代理を務めるはずです」

「梶原さんは我々も驚くほどの熱意でやっておられましたから、あの方の代役がそう簡単に務まるものでしょうか」

内藤がさらに畳みかけてくる。

「ご心配には及びません。かく言う私もプロジェクトを起ち上げた当初からずっと梶原を補佐して参りました。部長の小此木も同様です。弊社一丸となって、皆様のご期待に沿う覚悟です」

「それを伺えて安心しました」

ようやく内藤が破顔する。

「ウチも黄道学園には総力を挙げて取り組んで来ましたから、ここで立ち消えってことにでもなったりしたら泣くに泣けませんもので」

内藤達ジュピタックの三人は、明るい表情で帰っていった。

しかしジュピタックの関係部署は広報室だけではない。IT技術開発部を筆頭に、数多くの部署と調整を進めねばならなかった。また他の関係企業も同様だ。

その日は内藤のような来客の予定が立て続けに入っていた。秋吉はそのまま二番応接室に陣取って、次々と来客を出迎え、ほぼ同じ説明を繰り返した。

四組目の客を送り出して時計を見る。すでに午後五時を回っていた。にわかに空腹を覚える。考えてみれば、昼食さえとっていなかった。しかしまだ応対すべき来客が残っている。

最後の客は、天能ゼミナールの磯川(いそかわ)であった。肩書は「天能ゼミナール　総合事業

企画本部　第二企画部主任」。言うまでもなく天能ゼミナールは今回のプロジェクトにおける最も重要なパートナーであるから、真っ先にこちらから足を運んで説明している。しかし事の重大性と、確認事項の多さに鑑みて、磯川主任の方からもやってきたのだ。慎重の上にも慎重を期す――磯川らしいと秋吉は思った。

詳細な打ち合わせを一通り終え、スタッフが入れ替えてくれたコーヒーを飲みながら当たり障りのない世間話を交わしていたとき、ごく自然な口調で磯川が言った。

「そう言えば梶原さんの息子さん、引きこもりだったんですって？」

驚きのあまりカップを口に運んでいた手が止まった。

「どういうことです？」

自らの動揺を極力抑えたつもりだが、磯川の鋭い目を完全に欺けたという自信は到底なかった。

「噂ですよ。少し気になったものでお伺いしてみたまでです」

「故人とご遺族の名誉に関わりますので、よろしければ出所を教えて頂けませんか」

「これは失礼致しました。どうかお忘れになって下さい。噂というものは本質的に無責任なものですので。私としたことが、不注意でした」

慇懃な態度でかわされた。これ以上追及はできない。

「しかし秋吉さん、もし仮に噂が本当だったとすると、これは大変なことですよ。なにしろ黄道学園最大の売りは［引きこもり・不登校対策］ですからね。そのプロジェクト・リーダーのご子息が引きこもりの挙句に自殺した。それも生徒募集開始の直前というタイミングです。本当に大丈夫でしょうね？」

「ええ、大丈夫です」

しかし磯川は簡単には納得しなかった。

「当初からの計画通り、黄道学園には当校でもエース級の講師陣を充てるつもりでおります。大手の塾講師ともなると、言ってみれば人気商売みたいなものでしてね、万が一不祥事があった場合、彼らが揃ってライバル塾に移籍してしまう可能性すらある。そうなったらおおごとだ。天能ゼミナールにとってカリスマと呼ばれるほどの講師達は大事なタレントなんですよ。この人達との信頼関係だけは絶対に維持しなければならんのです」

「は、それはよく承知しております」

「信頼は一度失われるともう二度と買い戻せませんからね。受験生にとっての夏休みと同じことですよ。これは上司からもきつく言われております」

磯川が言わんとしているのは、そうした不測の事態に陥った場合、千日出版に対する天能ゼミナールの信頼が失われるかもしれないという警告だ。そうなると、合併の件も破談になる可能性が大きくなる。

「その点はどうかご安心下さい」

自分自身がまるで安心していないにもかかわらず、秋吉はひたすら「安心」「本当」「大丈夫」を繰り返す。そんな言葉を口にするたび、なぜか幹夫の虚ろな顔が脳裏に浮かんだ。

「もし少しでもお心当たりがあるのなら、早急にお教え頂かねば……私の責任ともなりかねませんので」

口振りはどこまでも丁寧でありながら、磯川は執拗に追及してくる。

「梶原本人の話では、引きこもりの事実はないということです。それに警察は今のところ何も言ってきておりません。もしおっしゃるような事実があれば、警察から連絡があることでしょう。その場合はもちろん御社にもすぐにご連絡致します」

「そうですか。ならば安心だ」

言葉とは裏腹に、磯川は安心とはほど遠い、疑念に満ちた表情を浮かべて帰っていった。

残された秋吉は、ソファにもたれかかって大きく息を吐いた。

決して嘘をついたわけではないが、正確に伝えたわけでもない。ありていに言えば、消極的な欺瞞である。決して気分のいいものではない。

切れ者揃いと言われる天能ゼミナール社員の中でも、企画部の主任を任されるほどの人物である。磯川の鋭さは並ではなかった。自分など足許にも及ばない。

その磯川が、凡庸な自分の弁解を真に受けたとは思えない。いずれなんらかの真実を突き止めるだろう。

もしそうなったら――

秋吉はソファから跳ね起きて二番応接室を出た。疲れきった全身が重く、胸が苦しい。それでも急いで六階へと向かう。

教育事業推進部のフロアに入り、奥に進んで小此木のデスクを見る。不在であった。近くにいた社員に尋ねる。

「部長は」

「梶原局長から電話があったとかで、たった今、倉田常務のところへ行かれました」

なんだって――

身を翻し、エレベーターホールへと取って返す。

局長から電話だと――まさか警察からの――

常務の執務室は十三階にある。エレベーターに飛び乗って十三階のボタンを押す。

秘書室に入ると上山秘書が自席から顔を上げた。

「小此木部長がこちらにおられると伺いまして」

「はい、いらっしゃいますが、ただ今常務と――」

「存じております。ここで待たせて頂いてよろしいでしょうか」

「それは構いませんが、一応部長にお伝えしてきます」

腰を浮かせた上山に、

「いえ、そこまでは……ここで待たせて頂くだけで結構です」

「常務から、もし誰か来たら伝えるようにと申しつかっておりますので」

表情を変えることなく告げた上山が、隣の部屋へと姿を消す。

どういうことだ――

自分、あるいはほかの誰かが飛び込んでくることを予測でもしていたのだろうか。

秋吉が壁際の椅子に腰を下ろす間もなく、隣室から上山が戻ってきた。

「秋吉課長、お入り下さいとのことです」

思いがけぬ展開に立ち尽くしていると、再度言われた。

「お入り下さい。さあ、どうぞ」

わけが分からぬまま中に入る。来客用のソファに座った倉田常務と小此木部長が同時に振り返ってこちらを見た。

「秋吉課長、適当に座ってくれ」

「は、失礼します」

常務に言われ、ソファの隅に腰を下ろす。常になく険しい顔をした常務が、こちらを見据えて言った。

「さっき梶原さんから電話があってね、それで小此木君に来てもらったんだ」

「いやあ、事が事だけに誰か来るかなと思ったけど、まさか君が押しかけてくるとはなあ」

小此木は普段と変わらぬ砕けた様子だ。

「まあ、君にも後で説明しなきゃと思ってたんで、ちょうどいいかなと。常務も同意して下さったし」

「それでね、秋吉君。単刀直入に言うと、警察はやっぱりどうも、はっきりしないそうだ。つまり、それだけ確証がないんだね。そこで小此木君に来てもらったんだ。もちろん社長とは真っ先に話している」

常務は自分に何を言おうとしているのだろう——

秋吉には話がまるで見えなかった。

そんな秋吉の困惑を察したように、小此木が倉田に代わって身を乗り出した。

「君も今日は大変だったみたいだねえ。聞いてるよ。お客が次から次へと来てさ。いちいち説明するだけでも大仕事だ。これじゃ本業に差し支える。そうだろう?」

「はい」

同意するしかなかった。まったくその通りであるからだ。

「ウチとしてもそれは困る。だけど、そうかと言って、警察が結論を出すのをいつまでも待っているわけにもいかない。大体のとこは分かってるわけだから、この際、事故だって発表しようと思うんだ」

「待って下さい」

思わず声を上げていた。

「そんなこと、こっちで勝手に決めていいんでしょうか」

「発表と言っても、別にテレビや新聞に載せるわけじゃないし、ましてや公式なものなんかじゃない。ただ対外的に、この件について訊かれたら『事故らしいです』って言うだけだよ」

ようやく悟った。

常務と部長は、この件をあくまで「事故」として終わらせたいのだ。少なくとも「自殺」とは絶対に認めたくないのだ。

「それは隠蔽になるのでは」

「ならないよ」

小此木があっさりと言う。

「だって、本当に事故だから。いつまでも結論を出してくれない警察にも腹が立つけど、少なくとも事件性はないってことだけは保証してくれてるわけだし。それで自殺する理由がないんなら、これはもう事故と言っちゃっていいんじゃないかなあ」

「幹夫君が引きこもっていたという事実があります」

「それは父親の梶原さんが否定している」

倉田が断言した。

「それとも君は、梶原家についてご家族以上に知っているとでも言うのかね」

そう言われると、反論のしようはまったくない。秋吉は倉田と小此木の顔を交互に見る。

難しいのは、二人とも社長派でも専務派でもなく、中立であるということだ。それも公平で確固たる信念があってのものではなく、どちらかと言えば保身第一の日和見といったスタンスに近い。

ただ、少なくとも特定の勢力に与するものではないということだけは言える。いいかげんな印象に反して、純粋に会社のためを思っている可能性さえ完全には否定できない。

だが――本当にそれだけだろうか。

もしかしたら、倉田と小此木はすでにどちらかの側についているのではないか。そうだとしたら、ここで発言や返答を誤ると命取りともなりかねない。

疑い出せばきりがない。疑心暗鬼という鬼は、人の心に闇を蒔く。

秋吉は頭から闇を振り払うような思いで問うた。

「後で自殺だと判明したらどうなさるおつもりですか」

「別にどうも？」

小此木が平然と言う。悪意があるわけではない。常に無神経なだけなのだ。

「『あのときは警察はそんなこと言ってなかったけど、今頃になってやっと分かった』とかなんとか言えばいいだけじゃない。現にその通りなんだし」

言い返す言葉が何も見つからない。

それどころか、自分がどうして言い返そうと考えているのかさえ分からなかった。

「分かってくれたかね、秋吉君。これで君もだいぶ仕事がしやすくなるだろう」

駄目押しするように常務が言った。ここで逆らえるような会社員はまずいない。

〈仕事〉か――

話の焦点はどこまでも自社の利益追求にある。倉田や小此木だけでなく、内藤や磯川のような客達も、神妙な顔で呟くお悔やみの言葉は会話の冒頭に位置する形式的な挨拶でしかなかった。そして自分もまた例外ではあり得ない。

そのことが秋吉を果てしなく疲弊させる。

己の立ち位置が分からない。いつの間にか足許を見失っている。それは、ふとした瞬間に自分が宇宙空間に投げ出されていることを知ったような感覚であり、恐怖であった。

「ところでさあ」

伸びをしながら小此木が問う。

「この件で誰か、君に変なこと言ってきたりしなかった？」

さりげないふりをしているが、小此木の質問の真意は明らかだった。同時に、自分がここへ招じ入れられた意味も理解できた。

二人は派閥間の対立についての情報を欲していたのだ。自分達の安全保障に役立てるためだ。

飴屋の顔が脳裏に浮かぶ。彼は誰もが知る専務派の一員だ。

「どうなんだね、秋吉君」

常務が重ねて訊いてくる。

飴屋について告げるべきか――

秋吉は咄嗟に答えていた。

「いいえ、特に誰も」

4

常務の執務室を出て教育事業推進部に戻りながら、秋吉は自問自答を繰り返した。

小此木部長と倉田常務の追及に対し、飴屋の接触について隠してしまったのはなぜだろう――

自分は決して専務派ではないし、専務派に取り入ろうとも思っていない。また社長派に反感を抱いているわけでもない。

強いて言えば、どちらか一方に与するような行為だけは避けたいと考えている。

おそらくはそのせいだ――秋吉は自らに言い聞かせる。

常務と部長に、専務派の暗躍について告げ口をしているかのように解釈されることを恐れたのだと。

そう、怖かった。二つの派閥のどちらかに取り込まれたが最後、もう逃げ場はない。すなわち、社員のおよそ半分をはっきりと敵に回すということだ。そんな事態だけは避けたかった。

娘の春菜がいじめから引きこもりとなってしまったとき、父親としてできる限り話しかけてみた。本当に必死だった。そんな状況下で、危うく口走りそうになり慌てて呑み込んだ言葉が一つだけある。

会社でのいじめは、学校でのいじめの比ではないということだ。

秋吉はそれを、日本人の本質に根ざすものではないかと考えている。なんなら、人間の本質と言ってもいい。呆れるほどに陳腐で、どうしようもなく普遍的な現象だ。それゆえに逃れるすべはない。社会のどこに行っても、〈それ〉はいつも付いてくる。そしていかにも悪気なさそうに、醜悪な舌をぺろりと出してみせる。自分の名前が『いじめ』でないと、健気に主張して恥じないのだ。

六年前、専務派だった役員の一人が迂闊にも社長派に寝返ったと取られかねない判断をしてしまった。詳細は知らない。伝え聞くところによると、決算処理を巡る案件に関することであったという。その役員は、専務の自宅の玄関で土下座までして詫びを入れ、釈明したらしい。それでも専務の怒りは解けず、かと言って社長派への鞍替えも認められず、社内では懲罰人事として公然の秘密になっている地方支社への転勤を命じられた。彼は結局、定年を目前にしながら依願退職して会社を去った。

日本の企業社会では、似たような事例はいくらでもある。暗黙の了解事項として、誰も口にしようとはしないだけなのだ。近年はSNSの発達もあって、内部告発に踏み切る者も増えてきたが、それは己の人生を棒に振るリスクを冒すことでもある。家族を持つサラリーマンにとっては悪夢以外の何物でもない。

関わらないこと。見て見ぬふりをすること。それこそが生き残るすべである。そしてそれは、おそらく新会社に移っても変わらない真理なのだ。

新会社と言っても、千日出版のグループであることには違いない。少なくとも創立から数年は千日出版取締役会の強大な影響力の下にあると容易に推測される。そうでなければ、そもそも社長がこのプロジェクトを認めるはずがない。一つ間違えば、新会社での処遇に大きく影響してくるであろうことは想像に難くなかった。

今さらながらに身を震わせて、秋吉は教育事業推進部のフロアに入った。

定時はとっくに過ぎている。書籍・雑誌部やコミック部と違って、居残っている者はほとんどいなかった。それでもほんの数日前までは、新会社設立への意欲に燃えて、残業に励んでいる者も決して少なくなかったのだ。

がらんとした室内の寂寞(せきばく)が将来の暗示にも感じられ、秋吉は一層肩を落として自席へと向かった。

「どうでした、課長」

呼びかけられて振り向くと、仕事中だったらしい沢本が立ち上がった。

「まだ残っていたのか、沢本君」

「ええ、局長から電話があったらしいと聞いて、どうにも気になりましてねえ」

「よく知ってるな」

「こんなときですから、もうあっという間に伝わりますよ」

「じゃあ、他のみんなは」

室内を見回しながら尋ねると、

「それが、一斉に帰っちゃって」

沢本は不安そうな面持ちで、

「あいつらも気にならないはずはないだろうに……新井を中心に何か話してるみたいでしたから、居酒屋にでも集まって今後の相談でもしてるのかもしれません」

「そうかもしれんな」

苦い思いで相槌（あいづち）を打つ。明らかによくない兆候であった。部下を掌握できない管理職など、役立たずの代名詞に等しい。

「それで、どうだったんです、局長の電話は」

「常務や部長からの又聞きになるが、警察はやっぱり何も言わなかったそうだ」

「またですか。警察は一体何をやってるんでしょう」

「知らんよ。それでな、社としては、今度の件は事故ってことで押し通したいそうだ」

「そうですか。あ、でもそれって、後で万一事故じゃないってことになったら、ちょっとまずいんじゃないですか」

「俺もそう思う。だが、局長自身が幹夫君は引きこもりじゃなかったと言っているらしい」

「だったら、やっぱり事故でいいんじゃないですか」

沢本は安堵したようにそう言ったが、すぐにまた蒼ざめて、

「こんな言い方するとなんだか不謹慎というか、失礼なんですけど、それ、本当に信用できるんですか。もしかして、局長が体裁を気にして——」

そのとき、ドアの方から声がした。

「おう、まだいたのか。教育は定時で上がるもんだって聞いてたが、二人とも熱心だな」

営業部の五十嵐部長補佐だった。

「あっ、五十嵐さん」

沢本は秋吉に言いかけていた言葉を慌てて呑み込み、五十嵐に一礼する。

秋吉も軽く頭を下げながら、

「珍しいですね、五十嵐さんがこっちへいらっしゃるとは」

五十嵐自ら六階へ足を運んでくることは滅多にない。何かあれば、こちらから営業部へと説明に行くのが常であった。

「なにしろ社にとって大変なときだからなあ。俺も梶原さんにはよくしてもらったクチなんで、なんとなく君らと話したいと思って覗いてみたんだ」

「そうでしたか」

沢本と並んで神妙に応じる。しかし到底素直に信じられるものではない。五十嵐は社長派として知られていたからだ。

「梶原さんは本当にお気の毒だった。立派な息子さんだったのになあ」

「まったくです」

それだけは同感だった。

「さぞお力落としだろう。まさか事故で亡くなるなんて。世の中、まったく何があるか分からんよ」

はっとしたが、視線を上げないよう注意する。

五十嵐は「事故」であると念を押しに来たのではないか——そんな疑念が湧き起こった。

「どうだ、よかったら、久々に一杯やらないか」

ごく自然な流れで五十嵐が誘ってきた。実際に五十嵐は、梶原を襲った運命の無情にやり切れぬ思いを抱いているのかもしれない。

「申しわけありません、今朝から娘が熱を出しておりまして、ただの夏風邪だろうと思うんですが、早く帰ってきてほしいと妻から電話が……」

なんとかそれらしい言いわけを口にすることができたが、かえってわざとらしくな

かったか不安を覚える。ここで五十嵐と酒席を共にしたら、社長派に取り込まれると
まではいかなくとも、社内でそう見なされる危険があるからだ。

「そうか、それは心配だな。早く帰ってあげるといい」

「本当にすみません。また近いうちにお付き合いさせて下さい」

「私もまだ仕事が残っておりまして」

すかさず沢本が続けた。自分だけ付き合わされる羽目になることを恐れたのだろう。

「黄道学園のプロジェクトが止まっているからって、急に別の仕事を振られましてね。

みんなはいつも通り帰っちゃうし、もう大変ですよ」

沢本はいかにも分かりやすくぼやいてみせる。

「ああ、聞いてるよ。漫画入りの参考書だっけ？　ウチの若いのが『あれは意外と行
けるんじゃないか』なんて言ってたよ」

「そう言って頂けると励みになります」

「営業部としても期待しているから頑張ってくれ。だがあんまり無理はするなよ。こ
んなときに過労死なんてされちゃ、会社としては泣きっ面に蜂だ」

不謹慎な冗談を口にして、五十嵐は片手を振りつつ踵(きびす)を返した。

「じゃ、お疲れ」

「お疲れ様です」

秋吉は沢本と並んで五十嵐の背中に向かって頭を下げる。

顔を上げると同時に深いため息をついてしまった。こちらを横目に見た沢本が、「同感です」とでも言うように頷いた。


帰宅すると、ダイニングキッチンに食欲を優しくそそる香りが漂っていた。

「おかえりなさーい」

すでに食卓に着いていた娘と、食器を並べていた妻が笑顔で迎えてくれた。

心身は疲労の極みにあったが、こうして家族と食卓で向き合うと、温かいものがじんわりと込み上げてくるのを感じる。

今夜のメニューはミートボールと冷たいパスタ。それにトマトサラダ。いずれも春菜の大好物だ。

春菜が楽しそうに今日の出来事を話してくれる。妻が相槌を打ったり、コメントしたりする。秋吉には分からない言葉や人名も多々含まれていたが、妻子のお喋りを側で聞いていられるだけで充分だった。

特に引きこもりだった頃に比べると、別人のように元気を取り戻した娘の様子には、しみじみとした幸福を実感するのであった。

唐突に――その娘を会社で口実に使ったことを思い出した。やむを得ない状況であったとは言え、罪悪感に近い冒瀆(ぼうとく)の意識を感じる。

「どうしたの、お父さん」

「えっ、何が」

娘に呼びかけられ、ミートボールに突き刺そうとしていたフォークを止める。

「なんだか怖い顔してる。さっきまでは全然そうじゃなかったのに」

「お父さんは疲れてるのよ」

妻が咄嗟にフォローを入れる。

「もうじき四十だからなあ。でも、会社じゃ若い、若いって言われるんだよ。この前なんて、なんとかっていう俳優に似てるって言われたし」

おどけてみせると、二人は声を上げて笑った。

よかった──内心で冷や汗を拭い、再びフォークを動かした。

「お父さん、お仕事大変だもんね」

春菜がわけ知り顔で言う。

「へえ、春菜に分かるのか」

なにげなく言ったのがよくなかった。

「分かるよ。だって、お父さんの作ってる学校ができたら、私、絶対入りたいもん」

口に放り込んだミートボールが、突然氷塊へと変じたようだった。

「そうか、じゃあお父さん、もっともっと頑張らないとな」

我ながらぎこちない笑顔を作って応じると、春菜は心配そうに言った。

「大丈夫？　頑張りすぎて体を壊したりしたら元も子もないんだから」

娘はいつもながら鋭かった。

「大丈夫さ。だって、お父さんは若いから」

駄目押しの冗談でごまかした。

「あ、お母さん、明日のお昼なんだけど――」

秋吉に構わず、春菜はパスタをフォークに巻きつけながら無邪気に話題を変えた。

安堵の息を密かに漏らし、秋吉は湯呑みを取って口に運んだ。


翌日出社した秋吉は、昨日同様に何人かの来客をさばいてから、四階の文芸編集部へと赴いた。

千日出版の文芸編集部は第一から第四までの部署に分かれているが、秋吉が訪れたのはノンフィクションを扱う第四部だった。

目当ての男は自席で本とコピーの山に埋もれていた。「宇江(うえ)さん」と声をかけると、彼は大儀そうに顔を上げ、次いで驚いたように細い両眼を見開いた。

「秋吉か。久しぶりだな」

「どうも、すっかりご無沙汰しちゃって」

宇江は秋吉が入社時に世話になった先輩の一人である。

「聞いてるよ、梶原さんのこと。そっちはいろいろ大変みたいだな。もっとも、こっちだって影響がないわけじゃないけどさ」

「おそれ入ります」

「それで、一体どうした」

「ちょっとご相談したいことがありまして、お時間を頂けたらと」

「いいよ、そこに座って」

持っていた赤ペンを置いた宇江は、背後の席の椅子を顎で示した。

秋吉は周囲を見回した。近くに人はいない。

「心配するな。誰も聞いてないから」

宇江が先回りするように言う。

「じゃあ、失礼して」

指示された椅子に腰を下ろし、秋吉は手短に状況を説明した。

「そういうわけで、今日に至るも警察ははっきりしたことを教えてくれない。これって、一体どういうことでしょうか」

「そりゃ確かに気になるよなあ」

宇江は犯罪や警察関係の書籍を数多く手掛けている。そのため、アンダーグラウンドの伝手も持っていた。

「今じゃそれだけが関係各社の追及をかわす口実になっているようなところさえあります。上にとっては都合がいいんでしょうけど、これ、どっかの時点でそうじゃなかったなんて話になったりしたら、目も当てられませんよ」

「そうだよなあ」

暫し考え込んでいた宇江は、「よし」と片手で膝を叩き、

「分かった、いつも取材に協力してくれてる元刑事の知り合いがいるから、ちょっと聞いてみよう」

「ほんとですか」

取材源をそう簡単に教えてくれるものなのか。こちらにとっては好都合だが、秋吉は少し疑念を抱いた。

宇江はすぐに察したらしく、

「実を言うとな、その人は天下り先でしくじって、小遣い稼ぎをしたがってるんだ。取材が必要ならいつでも言ってくれって頼まれてる」

「大丈夫なんですか、その……」

「教えてくれる内容はカタいから心配は要らん。俺が保証する」

秋吉はほっとすると同時に、そういう情報源を確保している宇江に今さらながら感心した。

「ぜひお願いします」

スマホを取り出し、宇江はその場から電話してくれた。

「……あ、佐々木さんですか、どうもー、ご無沙汰してます、千日出版の宇江でございますー、いやー、どうもどうも……いえいえ、おかげさまでその節は……それでですね、実はちょっとご相談したいことがありましてですね……」

しばらく話していた宇江は、スマホを切って秋吉に向き直った。

「会ってくれるって。だけど捜査の邪魔になるといけないから現場には行きたくないそうだ。とりあえずこっちの話を聞いてもらってご意見を頂くって感じになるけど、それでいいよな。場合によっては警察に口添えしてみてもいいって言ってくれてるし。とにかく面倒見のいい人だから」

「ありがとうございます。助かります」

「早い方がいいよな」

「ええ、できれば」

「今日空いてるって言ってたから、すぐに電話するといいよ」

そう言いながら、宇江はメモに「佐々木敏勝」の名前と連絡先を記し、渡してくれた。

「俺も一緒に行ければいいんだけど、見ての通り、校了前なんでね」

「大丈夫です。それで、おいくらほどお包みすれば……」

「お車代ってことで、一枚くらいでいいんじゃないかな。今回の話はたぶん経理に回せないだろうけど、向こうにとっちゃ貴重な収入源なんだから」

「はい。ありがとうございました」

礼を言って立ち上がる。

廊下に出て早速スマホから電話をかけてみる。すぐに〈佐々木ですが〉と枯れた声の主が出た。

指定された時間に錦糸町の和菓子屋に入ると、奥の席に座っていた老人がこちらに向かって手を挙げた。店内に他の客はいなかった。

「佐々木さんでいらっしゃいますか。千日出版の秋吉と申します」

名刺を差し出して挨拶する。

「本日はご多忙の中お運びを頂きまして」

「とんでもない。多忙なんかであるもんですか。天下り先にハズレつかまされちまってさあ、気に入らねえんで辞めちゃって、年金頼りの毎日ですよ」

古い背広を着た老人は、歯切れのいい口調で答えた。

注文を取りに来た老婆に揃ってかき氷の宇治金時を注文する。

互いに自己紹介や雑談などをしながらかき氷を待った。ほとんどは佐々木の現役時代の手柄話である。

秋吉は以前、引退した教師達の取材をして回ったことがあった。佐々木の話を聞きながら、そのときのことを思い出していた。優秀だと評判であった人ほど、一線を退いた後、誰かに自分の話を聞いてもらいたくてたまらなくなるものだと知った。元刑事の佐々木は、あのときの教師達とどこか通じる人恋しさを感じさせた。

それでも、砕けているようでどこか油断のない目付きは、さすがに教師とは一線を画している。

「お待ちどおさま」

宇治金時を運んできた老婆が去ったところで本題を切り出す。

「実は、ちょっとご意見をお伺いしたいことがありまして……できれば内密にお願いしたいのですが……」

幹夫が死亡した前後の事情、彼が引きこもりであったという噂、父親の梶原が証言している内容、そして警察からはっきりした連絡がないことなどについて話す。

その間、佐々木はしゃくしゃくとかき氷を口に運びながら、じっと話に聞き入っていた。

「これが、事件のあったマンションの写真です」

念のためプリントアウトしてきた写真を見せる。前島がスマホでおぎくぼ昭和マンションを撮影した写真である。屋上の壊れている柵の様子がはっきりと写っていた。

佐々木は黙って写真を手に取り、しげしげと眺めている。

「うん、大体のとこは分かりました」

宇治金時をきれいに平らげた佐々木が居住まいを正す。

「さて、と……警察から連絡がないってのが、そもそも釈然としないというか、落ち着かなくて困るってことでしたね」

「はい、その通りです」

「気の毒だけど、こいつはいつまで待っても連絡なんてないと思うよ」

「えっ？」

「現場を踏んでないから断言はできないけどね、この写真だけ見ると、確かに事故って線もあり得るなあと」

「では……」

「まあ待ちなって。可能性があるってだけだよ。現場に物証とか痕跡とかがあったんなら、事件性ありってことで警察はちゃんと動いてるはずだ。一方で、自殺する理由もなければ遺書もない。こいつはどうにも難しい。事件性がないとなると、事故なのか自殺なのかなんて、はっきり言って警察にはどうでもいいことなんですよ。亡くなったのは社会的重要人物ってわけでもないし。公共性のある場所ならともかく、現場はもうじき解体される予定なんでしょ。だったらなおさらどうでもいい」

老人の言葉は、秋吉にとっては少なからず衝撃的であった。

子供が死んでいるんだぞ——重要人物じゃないからって——いや、家族や周囲の者にとってはこの上なく大切な人なんだ——それを——それなのに——

「どうでもいいって、そんな……」

佐々木自身も気まずそうに続ける。

「酷(ひど)いと思うかもしれないけど、事件はいっぱいあるしねえ。いつまでもかかりきりになってるわけにゃいかないんですよ。さりとて、どっちでもいいじゃないかなんて、ご遺族や関係者には口が裂けても言えっこない。だからこういうとき、警察は連絡なんてしないで放置するわけ。迂闊なこと言って後で違ってたって分かったら、責任取れって話になるじゃないですか。そんなの、誰だって嫌だから自然とこうなっちまう。私だって、退職した身だからこんなふうに言えるわけで。今の話は、あなたと宇江さんに対するサービスだと思って下さい。警察にはね、外部には言えない警察なりの事情ってもんがあるんですよ、いろいろね」

「素人考えですが、事故か自殺か、その違いは重要なんじゃないでしょうか。例えば、保険金の問題とか」

「保険金絡みで事故か自殺かはっきりさせないといけないときは、保険屋が勝手に調べてくれるしね。どっちにしたって警察には関係ありません」

「そんな……」

うなだれる秋吉の視線の先で、溶けたかき氷が器から滴り落ちていた。慌てて匙（さじ）を取り上げ、機械的に口へ運ぶ。胸の奥が氷よりも冷たくなっていて、宇治金時の冷たさが少しも感じられなかった。

警察が何も言ってこないのはそういうことか――

匙を置いて、横に置いた鞄から用意した車代の茶封筒を取り出す。

「本日はありがとうございました。おかげさまでとても参考になりました」

目の前にいる老人が無関係であると分かっていても、言葉に皮肉の色が混じってしまうのを抑えられなかった。

「すいませんねえ。ありがたく頂戴します」

茶封筒を懐にしまった佐々木は、悄然（しょうぜん）としたこちらの様子に気が咎めたのか、心持ち声を潜めて言った。

「秋吉さん、ほんとは刑事がこんな無責任なこと、関係者に言うべきじゃないんだけど、私はもう刑事じゃないんでね、思いきって言いましょう」

なんだろう——怪訝に思って顔を上げる。

「これは単なる私の勘なんですけど、こいつは自殺ですよ」

老いた元刑事はそう言い切った。

「常識的に考えても、中学生が夜中にこんな所へ行くなんておかしいでしょう。誰かに呼び出されたとか、そういう場合もあるかもしれないけど、それだったら警察がちゃんと調べてますよ。そうじゃないと判断したからこそ『事件性なし』ってことになったんだ。遺書や動機がなくったって、中学生くらいの子供ってのは、大人には想像もつかないことで思いつめたりするもんです。特に親になんて、絶対に言えやしなかったりする。親に言うくらいなら死んだ方がマシだ、なんてね。秋吉さん、あなたにだってありませんか、そんな経験」

ある、確かに——

中学生の頃、死んでやろうかと思ったことがある。理由がなんであったのかさえ覚えていないが、確かに思春期の子供とはそういうものだ。

そして、さらに鋭い痛みが胸を貫く。

娘の春菜は、学校でのいじめをすぐには話してくれなかった——

「ともかく、長年刑事で飯を食ってきた私の目から見ると、これは明らかに自殺です。

だったらご遺族にはっきり言ってあげればいいだろうって思われるかもしれませんが、分かっていても言えないのが警察ってもんなんですよ」

「ありがとうございます、佐々木さん」

　立ち上がって頭を下げる。

　これまで社内でも「警察がはっきりしない」と囁かれていたが、元刑事から警察の内部事情を教えられると、さまざまなことが腑に落ちた。

「今のはあくまでも私の見立てでしかありません。証拠とか確証があってのことではないんで、そこら辺は……」

「承知しております。佐々木さんにご迷惑をおかけするようなことはありませんので、どうかご心配なく」

　こちらの態度に、佐々木は安心したようだった。

　自殺、なのか――

　やはりそれが事実なのだろう。しかしそれは、秋吉が求めていた答えとは違っていた。

　幹夫の死は自殺なんかであってほしくない――心のどこかでそう願っていた己を、改めて自覚せずにはいられなかった。

　支払いを済ませて店を出る。錦糸町の駅前で佐々木と別れた。重ねて礼を述べると、佐々木は恐縮したように片手を左右に振った。

5

「すると、幹夫君はやっぱり自殺ってことですか」

会社近くのカフェ『エテルノ』で、沢本が小さく声を上げた。

エテルノは路地を入ったところにある寂れた店で、千日出版の社員が来ることはほとんどないと言っていい。秋吉がこの店を沢本、前島との〈対策本部〉の場に選んだのはそのためだ。

「あくまでも佐々木さんの個人的見解だけどな」

「でも、そうなると梶原局長やご家族が自殺の理由がないとおっしゃっているのは……」

首を捻りながら言う前島に、

「佐々木さんの説の通りだとすると、親には言えない理由があったってことになる。それに、梶原さんが『心当たりがない』と言っているという話は聞いたが、ご家族、つまり奥さんと娘さんだが、どう思っておられるのか、よくよく考えてみるとはっきりと言われたわけではない」

黙り込んだ二人に対し、秋吉は質問を発した。

「課内の様子は」

「相変わらず、と言いたいところですが、どうも悪くなっているみたいです」

歯切れの悪い沢本の言い方が引っ掛かった。

『みたいです』とはどういうことなんだ」

「表面的にはみんなコミック学参シリーズの仕事に専念してくれてはいるんですけどね、その分、もうなんだかギスギスしてきてるような気がして……いや、私の気のせいかもしれませんけど……」

「何が言いたいんだ、頼むからもっとはっきり言ってくれないか」

「沢本さんは、派閥抗争のことを言ってるんです」

言葉を濁すばかりの沢本に代わり、前島が意を決したように告げた。

「主任の新井さんが中心になって、私達が事実の隠蔽に荷担しているという噂を拡散しています」

「やはり新井か……」

秋吉は先日揉み合った際に直視した、新井の血走った目を思い出した。

「それで新井は、俺達がどっちの派閥だと言いふらしてるんだ」

みたり」

「それが、日によって違うんです。社長派だと言ったかと思えば、専務派だと言って

「一番悪質じゃないか、それは」

前島は大きく頷いて、

「新井主任の言動のせいで、相互不信が広まっています。疑心暗鬼の状態ですね。一致団結して騒ぎ出すことがなくなった代わりに、一人一人が戦々恐々としてるっていうか……」

「まずいですよ。一課の人間関係がこのまま崩壊したら、たとえプロジェクトが再開したとしても、ちゃんと運営していけるかどうか」

今さらながらに沢本が泡を食ったように言う。

新井の焦燥は理解できる。不安で居ても立ってもいられないのは皆同じだ。しかし根拠のない言説を振りまくのは看過できない。かといって、そんな状態の新井に何を言っても疑いを招き、逆効果となるだけだろう。

梶原幹夫という少年の死が綿埃よりも軽く扱われ、派閥抗争の具にされている。そのこと自体がたまらなく不快である。何よりも許せないのは、ほかならぬ自分自身が、いつの間にか派閥の力学を最優先に勘案してしまっていることだった。分かっていても、いや、分かっているからこそ抜け出せない。焦燥の熱い砂が蟻地獄となって流れ

落ちていくばかりである。掌に滲んだ汗が、砂と一体化して肌に染み込んでいくような心地がした。

一刻も早くこの状況を脱しなければ、何もかもが「駄目」になってしまう――会社も、プロジェクトも、そして自分も。

「警察はもう当てにならない。それだけははっきりしたわけだ。同時に現状をなんとかするには、事実を明らかにする必要がある。たとえそれが我々にとって好ましいものであろうとなかろうと、社会人としてそれを受け容れるしかない。職場の健全化なくして、健全な学校の設立なんてありはしない。それが俺の考えだ」

前島の口許に、ほんの一瞬、冷ややかな笑みが浮かんだ。

きれい事を言っているとでも思ったのだろう。ならばそれでも構わない。

今の秋吉にとっては、幹夫の死に正面から向き合い、真実を知ることこそが、現実に立ち向かう最良の道であると思われた。

それしかない――強いて自分に言い聞かせる――それしかない。

そうしなければ、今にも熱い流砂に呑み込まれてしまいそうだった。

「それで、どうなさろうと言うんですか」

前島の問いに、明瞭に答える。

「新創書店の緒形さんに直接会う。その上で幹夫君や現場周辺の事情についてできるだけ詳しく調べてみようと思う。幸い明日は土曜だしな」

「緒形さんにご迷惑では」

「もちろんご都合をお伺いしてから、協力を求めるつもりだ。それでね、前島君」

「はい」

「君にも一緒に来てほしい」

「私、ですか」

「そうだ。君はこの件で前にも緒形さんに会ってるし、何かあったときの証人として、誰かに同行してもらった方がいいと思うんだ」

「休日出勤手当は出るんですか」

明らかに冗談だったが、前島が自分に対して冗談を口にするのも、思えば珍しいことだった。

「出ないよ。サービス出社だ」

「そんなサービス出社なんて、聞いたこともありません。第一、会社の仕事じゃないじゃないですか」

「だったら、超特別サービス出社だ。それにこれは、会社のためだけじゃない。俺達の将来が懸かってる」

最後の文言は、前島に対しては言わずもがなであったろう。

「分かりました」

「それから沢本君は、コミック学参シリーズの方を引き続き頼む。本業が疎かになっていると、上からどう突っ込まれるかわからないからな」

「はい、できるだけやってみます」

二人の同意を得た秋吉は、さらに細かい手筈の打ち合わせにかかった。

梶原のマンションと同じく荻窪にある緒形の自宅は、見たところ築二十年くらいの一戸建てだった。周辺の家がほぼ同じ造作や外見であることからすると、同時期に売り出された建売住宅なのだろう。

インターフォンのボタンを押すと、すぐにドアが開き、緒形が皺だらけの顔を出した。

「やあ、いらっしゃい。さあ、入って入って。暑かったでしょう」

他社の編集者達からも慕われているだけあって、緒形の笑顔には人を和ませる魅力があった。

「突然押しかけちゃってどうもすみません。これ、お口に合えばいいんですけど」

前島がゼリーの詰め合わせを玄関で手渡す。とにかく暑いので冷蔵庫で冷やせる菓子がいいだろうと新宿のデパートで選んだ物だ。前島の口調は、自分に対するときとは違って、よそ行きの愛想に満ちていた。

「すまんねえ、気を遣わせちゃって。どうぞ、上がって下さい」

玄関を入ってすぐ目の前に二階へ上がる階段がある。建売には多い間取りだ。緒形は秋吉と前島を二階のリビングに案内した。二階全体がリビングダイニングキッチンとなっている。

「僕の部屋は三階なんだけど、本で足の踏み場もなくってねえ。お客さんを通せるのはこの部屋くらいなんだ。ま、適当に座って」

二人にソファを勧めてから、緒形は三階に向かって呼びかける。

「おーい、敦史(あつし)、下りてこい。昨日話したお客さんがいらしたぞ」

無遠慮に階段を踏み鳴らし、小柄な少年が顔を出した。

「こんちは」

ぶっきらぼうな口吻(こうふん)であった。黒いTシャツの上に、変な形のシャツを引っ掛けている。流行(はや)りのファッションなのかどうか、秋吉には判別できなかった。

「こんにちは。今日はよろしくお願いします」

秋吉達は立ち上がって挨拶を返す。

「息子の敦史です。いやあ、いつもは友達とつるんでどっかへ行ってるんですが、今日の話にはこいつもいた方がいいだろうと。女房は買い物に出しました。いてもうるさいだけですから」

父親が話している間、敦史少年はぶすっとして視線を逸らしている。

本当は父親の客になど会いたくないが、用件が用件なので、やむなく同席したというところだろう。

「ちょっと待って下さいね」

緒形は冷蔵庫からアイスコーヒーのペットボトルを出し、人数分のグラスに注いだ。

息子の方はそれを手伝いもせずに、少し離れた椅子から父親の様子を眺めている。

「どうぞ」

「ありがとうございます。いただきます」

秋吉と前島はすぐに出されたグラスを手に取った。もう何日も猛暑が続いている。

少し歩いただけで、砂漠を何日も彷徨していたような気分になる。

しばらく互いの近況報告などを交わした後、秋吉はおもむろに切り出した。

「早速ですが、電話でお話ししました件につきまして」

「確か、もう少し詳しくお聞きになりたいということでしたね」

「はい」

「大変ですねえ、千日さんも。ウチにも派閥みたいなのはありますけど、なんせ弱小だから忘年会でケンカするのが関の山で」

軽口を叩きながらも、緒形は背筋を伸ばして座り直した。

話を聞く手前、内密を条件に緒形にはある程度事情を話してある。

「まず、幹夫君がお母さんと言い争っていたというところですが」

「ああ、あれね。直接聞いたのは、梶原さんのマンションの裏に住んでる大野さんていうお宅の奥さんです。うちの女房とはよく美容院で一緒になるらしくて。この大野さんが庭に洗濯物を干してると、頭上から切れ切れに声が聞こえたんだそうで。何かと思って見上げると、バルコニーで梶原さんの奥さんと息子さんが言い争っていたっていうんです。『お願いだから学校に行ってちょうだい』とか、『お父さんはあなたのことを心配して言ってくれてるのよ』とか。それで大野さんは、『梶原さんとこの息子さんは部屋に引きこもっているらしい』と思い、うちの女房に話したと、まあ、そういうわけです」

「それに対して、幹夫君はなんと言っていたんですか」

「それがね、何か言ってたのは確からしいんですけど、よく聞こえなかったって。ただでさえ声変わりして聞き取りにくい上に、距離が離れてますからねえ。梶原さんのお宅は四階でしたっけ、五階でしたっけ、片や大野さんちは平屋建てですから、風向きのせいとは言え、梶原さんの奥さんもまさか聞こえているとは思ってなかったんでしょうなあ。ああいうマンションって、窓を閉めちゃえば外の音なんて聞こえませんから、もう慣れちゃってて、ついバルコニーでもいつもの調子でやっちゃったんでしょうね。それに話しているのはもっぱらお母さんで、息子さんはむっつりしてあんまり喋(しゃべ)ってなかったって。あ、大野さんの奥さんて、視力も聴力もメチャクチャいいらしくて、健康診断やってる診療所の先生が毎年呆(あき)れるくらいだそうですよ」

「その話、大野さんは警察には……」

「するつもりでいたんだけど、誰も聞きに来なかったって。警察もマンションの住民には話を聞いたでしょうけど、まさか裏の民家にそんな目撃者がいるなんて、考えもしなかったんでしょう。大野さんだって、わざわざ警察に出向いて話すほどのことだとは思ってもいないでしょうしねぇ」

なるほど前島が言っていた通り、〈充分な説得力がある〉話だと思った。

「分かりました。次に幹夫君が親しかったという幼馴染(おさななじ)みの子供についてなんですが」

「それでしたら直接こいつに聞いて下さい……おい、敦史」

「うん」

少年が秋吉達の方へ面倒くさそうに向き直る。

「敦史君、その子について、知ってる限りのことを教えてくれないかな」

「別に、そんなには……」

「まず名前は覚えてる?」

簡単なことから聞くと、ふて腐れているように見えて案外緊張気味だったらしい少年は、急に気が楽になったようだった。

「覚えてる。斉藤悟。サとトが続くんで、オレ達、『サトサト』って呼んでましたから。でも、梶原は『サトルくん』て呼んでたかな」

「悟君は幹夫君のこと、なんて呼んでたの」

「『ミキオくん』だったよ。お互いにそういう呼び方してたから、すごく印象に残ってる」

「つまり、それくらい仲がよかったってこと？」

「うん、特別よかった。オレ達、小さい頃は友達の家に勝手に遊びに行ったりできなかったんですけど、あの二人はお互い自由に往き来してたから」

「我々の頃と違って、近頃はどうもそうらしいんですわ」

父親の緒形が口を挟む。

「よく女房と口論したもんです。『子供は勝手に遊びに行くもんじゃないのか』って言うと、『それは昔の話で、今は母親同士がアポを取ってから一緒に行くのが常識なんだ』って」

「あ、それはうちもおんなじですよ。まあ、うちは女の子だったってこともあるんでしょうけど、それにしたって、子供が遊びに行くのに、いちいち母親が付いて行くってのはどうでしょうか」

「ね、秋吉さんだってそう思うでしょう？」

「もう、オヤジは黙っててくれよ」

エンジンが掛かってきたらしい少年が父親に抗議する。

「とにかくあの二人はそれくらい仲がよくて、梶原はよく斉藤の家に遊びに行ってた。オレ達が近所の公園で遊んでいるとき、斉藤のマンションの屋上で遊んでいる二人が見えたもの。夏は花火もやってたな」

「花火って、マンションの屋上で？」

聞き返すと、敦史少年はこくりと頷き、

「うん。そのときは斉藤のオヤジさんも一緒だったけど。ほかにもいろいろやってたよ。フリスビーとか、縄跳びとか。そうだ、学校の教室で将棋なんかもよくやってた。もともとオヤジさんが将棋好きだったらしいよ、斉藤の」

「敦史君達も一緒に遊んだりはしなかったの？」

「二人ともいい奴だったから、何度か一緒に遊んだかな。だけど、最後まで違うグループって感じだったなあ。仲よすぎたんだよ、あの二人。それでみんな、なんとなく引いちゃうっていうか」

「でも、斉藤君のマンションの取り壊しが決まって――」

「そうそう、斉藤、引っ越しちゃったんですよ。取り壊しのせいかどうかは知らないけど。もう大泣きしてたっけ、梶原の奴。二年生のときだったかな」

「それだけ仲がよかったのに、二人は連絡を取り合ったりはしてなかったのかな。手紙のやり取りとか、電話で話したりとか」

「聞いたこともないですね。なにしろ小学校二年だし。しばらくすると、梶原はオレ達と一緒に遊ぶようになりました。その後は斉藤の話をすることもなかったな」

「斉藤君の引っ越し先、誰か知ってそうな人はいないかな」

「さあ、いないんじゃないですか。オレだってオヤジから訊かれるまで、思い出したことさえなかったくらいだから」

「斉藤君のご両親、お仕事とかは何をしていたか、敦史君は知ってる？」

前島が違う切り口の質問を放つ。

「考えたこともないです」

続けて彼女は緒形に向かい、

「緒形さんもご存じありませんか」

「うーん、自分の子の友達ならともかく、梶原さんのお子さんの友達となると、ねえ。それこそ、梶原さんに訊くしかないんじゃないかなあ」

緒形はさらにすまなそうな表情で、

「おぎくぼ昭和マンションは当時でも古いって有名だったから。家賃がかなり安いとも聞いてたし、有名企業のサラリーマンとかじゃないと思う。今から調べるのは難しいんじゃないかな」

「そうですか……」

「なんだったら、町内会長に訊いてみようか。もうトシだけど、あのマンションの所有者だか管理人だかと知り合いだって言ってたから」

「ほんとですか。ぜひお願いします」

前島が大仰に低頭する。

「でも、あんまり期待しないでね。がっかりさせちゃったら申しわけないし」

「結構です。どうかよろしくお願いします」

丁寧に礼を述べて緒形家を辞去した。

「結局、新しい収穫はありませんでしたね」

歩きながら、徒労感も露わに前島がこぼす。

「緒形さんはああおっしゃってましたけど、梶原さんやご家族に直接訊けるんなら苦労はありませんよ。社の命令に逆らってるのがもしばれたら大変だし、そもそもご遺族のお気持ちに気を遣えってのもその通りだし、それでなんとか搦め手からやろうとしてるってのに……」

「まあそう言うなって。せっかくだから、ちょっと現場を確認していこう」

「現場って？」

「大野さんて人のお宅だよ」

「そこって、梶原さんのマンションの裏でしょう？　もしご家族に見つかったりしたら……」

「だから充分注意していくんだよ」

渋る前島を連れ、梶原家の入居しているマンション『パランティア荻窪』に向かう。

スマホで地図を見る限り、大野家の玄関は確かにパランティア荻窪の正面入口とは正反対の方向を向いているし、面している道路も違っている。パランティア荻窪を避けて大回りする形で大野家の前に続く道路を進む。

「なるほど」

大野家らしい平屋建て家屋のかなり手前で、秋吉は足を止めた。

「どうしたんですか」

不審そうな前島に対し、停車している軽トラックの陰からパランティア荻窪を視線で示す。

「これ以上近づいたらパランティアの住民から目撃されるおそれがある」

前島は「ああ」と得心している。

「局長のお住まいは四階でしたよね」

「そうだ」

「あの家が大野さんのお宅だとすると、確かに庭から見えるでしょうね」

「風向きによっては声が聞こえても不思議じゃない。よし、次へ行くぞ」

踵を返してもと来た道を引き返す。

「えっ、次って、どこへ」

「おぎくぼ昭和マンションだよ」

「あそこはこの前……」

そう言いかけた前島は、なぜか途中で言葉を切った。こちらの目的を瞬時に察したのだ。相変わらず頭の回転が速い。

歩きながらスマホで地図を確認する。

あった——

敦史少年の言っていたおぎくぼ昭和マンションの「近所の公園」。それは『なかよし子供ひろば』に違いない。そこから敦史が見たという過去の光景を自分達の目で眺めるのだ。

「こっちだ」

近道と思われる路地を抜けていく。

やがて、目的の場所と思われる公園の前に出た。さして広くもない、住宅街の中にぽつんとある寂れた公園だった。昔はそれなりに子供が遊んでいたのだろうが、児童数自体が少なくなった現在では、塗装の剝げた遊具が卒塔婆のようにさえ見える。熱波に燃え出しそうな滑り台の側に立って、おぎくぼ昭和マンションを見上げる。敦史少年の言った通り、屋上の端が見えた。あそこで子供が遊んでいたとすると、こちら側に寄ったときに限られはするが、柵の合間から充分に眺められる。

幼稚園時代からの親友と二人、あそこで幹夫君は遊んでいたのか——

「帰ろうか」

それだけ言って、駅へ向かう。

これ以上、よけいな感傷に心を乱されるのは耐え難かった。現実は過酷だ。過去に心を惹かれている余裕などありはしない。

土曜日の荻窪駅周辺はそれなりに賑わっていた。夕刻が近いので、それまで外出を控えていた人々が出歩き始めたせいだろうか。

改札に向かって進んでいた秋吉は、突然の衝撃に立ちすくんだ。

その横で、前島が同じく呆然と立ち尽くしている。

「見たか」

雑踏の中に紛れていた顔。改札を通り抜けながら、こちらを見て嗤ってさえいた。

「はい、今のは、確かに――」

大きな顔に小太りの体軀。

間違いない。人事課の飴屋であった。

秋吉は改札に向かって駆け出した。

大勢の人々とぶつかりそうになる。何人かが舌打ちして睨んでくる。

「すみません、ちょっとすみません」

謝りながら人をかき分け、自動改札の前から中を見渡す。忙しげに行き交う群衆の中に、飴屋の姿は消えていた。

「課長」

側に駆け寄ってきた前島が、怯えたように言う。

「どうして飴屋さんが」

分からない。訊きたいのはこっちだ。

「もしかして、私達を監視していた、とかでしょうか」

飴屋の異名を思い出す――『ゲシュタポ』。

「目を付けられてるんじゃないですか、私達」

「仮にそうだとしても、尾行までするか。そもそも今日は土曜だぞ。プライバシーの侵害じゃないか。一体何を考えているんだ」

「そんなの、私に言われましても」

前島の声は震えていた。不安でたまらないのだ。それは秋吉とて同じであった。

「あの、ちょっと、そこどいてもらえませんか」

背後から迷惑そうな声がした。

「あっ、すみません」

慌てて身を退(ひ)くと、帰宅途中らしい若い女性が立て続けに秋吉達の横をすり抜けて改札へと流れていった。

「前島君、俺達も……」

「ええ」

「今日のことは皆には言うな。飴屋のこともだ」

「承知してます」

秋吉は自分のスマホを取り出し、改札を通って中に入る。そして前島と別れ、家路についた。

6

　週明けの月曜日、出社した秋吉は管理統括本部のフロアへ直行した。北側の一角を占める人事課のあたりを覗くと、飴屋が何食わぬ顔で机に向かっているのが目に入った。

「飴屋」

　声をかけると、彼は待っていたかのように振り返った。

「おう」

「どっかで話せないか」

「いいよ」

　自然な態度で立ち上がった飴屋が、先に立って歩き出す。

　その後ろについて歩きながら、秋吉は確信していた。飴屋は、自分が来ることを予期していたに違いないと。

　飴屋が向かったのは、九階のカフェテリアだった。

「ここでいいか。この時間なら空いてるし」

「ああ」

　レジカウンターでともにコーヒーを注文し、それぞれトレイに載せる。

　他の客がいないにもかかわらず、飴屋は躊躇なく隅のテーブルに直行して腰を下ろした。

そこは秋吉が普段前島との密談によく使っている席であった。意図してその席を選んだのか、あるいは単なる偶然か。秋吉には判別のしようもなかった。もし前者だとすれば、それは「いつもおまえ達を見ているぞ」という恫喝(どうかつ)に他ならない。

「この前の土曜日、荻窪駅にいたな」

飴屋の向かいに座った秋吉は、前置き抜きで切り出した。

「さあ、人違いじゃないかな」

にやにやと笑いながら飴屋が応じる。

これで真偽ははっきりした。また飴屋には隠すつもりさえないのだ。

「俺達を尾行していたのか」

「尾行だなんて人聞きの悪い。実はね、荻窪に贔屓(ひいき)のラーメン屋があってね。休みの日にはよく通ってるんだ」

「ふざけるな」

人事課の飴屋と揉めるのは社内的に極めてまずい。しかし、秋吉は怒りを抑えることができなかった。もしかしたら、怒りの表明によって自らの内に湧き上がる不安を押し殺そうとしていたのかもしれない。

「いくら人事課とは言え、社員のプライベートを詮索(せんさく)していいわけがない」

「そんな言い方をすると、まるで君が部下の前島君と不倫でもしてるように聞こえるじゃないか」

意表を衝かれて目の前の脂ぎった大きな顔を見つめる。

思わぬ攻め方をするのが飴屋の得意技であると、以前聞いたことがあるのを思い出した。

「本気で言ってるのか」

「もちろん、冗談だ」

抜け抜けと言う。

「今の君に、そんなことをしてる暇があるとも思えないしねえ」

「当たり前だ」

「でも新創の緒形さんに会う暇はある、と」

またも意表を衝かれた。

こちらをいいように攪乱する。やはりそれが飴屋の戦法なのだ。

「おまえは一体なんの権利があって――」

抗議しようとした秋吉を遮るように、飴屋はわずかに身を乗り出した。

「前にも忠告したはずだ。君は危険な状況にあるって」

息を吞んだ。飴屋はもう笑っていない。

「それは専務派としての忠告か。言っておくが、俺は専務派でも社長派でもない」

「知ってるよ、そんなこと」

飴屋はそっけなく言い捨てる。

「確かに僕は専務派さ。陰で秘密警察とかゲシュタポとか言われてるのも知ってるよ。だってそれ、僕が自分で振りまいた噂だもん」

なんだって――

驚愕する秋吉に構わず、飴屋は続ける。

「そう思われてた方がやりやすいからね、何かとさ。僕が出向くだけでみんな先を争うようにしていろいろ喋ってくれるし。中にはわざわざ僕のところへ情報を持ってきてくれたりする人もいるよ。ありがたい協力者だ」

まさに秘密警察だ。秋吉は飴屋が用いている手法の巧妙さに舌を巻くしかなかった。

「分かるかい。僕が言おうとしているのは、君らの行動は筒抜けの上、社内のお偉方の癇に障りまくってるってこと。派閥に関係なくね。このまま行くと、たとえ新会社が無事船出したとしても、君用の船室はどこにもないってことだ」

声もなかった。

うなだれる秋吉の前で、飴屋はコーヒーを飲み干し、慌ただしく立ち上がった。

「僕はもう行くけど、今の話はよく考えてくれよな。じゃ」

そう言い残し、カフェテリアを出ていく飴屋の後ろ姿を眺める。

何かが引っ掛かった。

一体何が？

すっかり冷めてしまったコーヒーを啜りながら考えた。

——今の話はよく考えてくれよな。

まるで飴屋から提案か頼み事でもされたかのような言い方だった。しかし、どう思い返してもそんな話ではなかったはずだ。

飴屋は何かを「よく考えてくれ」と言っているのだ。それも「今の話」に関係する何かを。

そこまで考え、音を立ててカップを皿に置いた。

彼は自分達が緒形の家を訪れることを知っていた。その上で、あえて荻窪駅でこちらに自分の姿を見せたのだ。

つまり、「誰かが秘密警察たる飴屋に情報を流している」ということだ。

誰だ——一体誰が——

土曜の緒形家訪問を知っていたのは同行した前島、そして沢本。

あのとき荻窪駅で前島が見せた動揺は、とても演技とは思えなかった。一方で、実直で律儀な沢本が裏切るとも思えない。

どちらも想像できないということは、どちらであってもおかしくはないということかもしれなかった。

まだ午前中だというのに、疲れきった思いで自分のフロアに戻る。

教育事業推進部では、堅い業務内容にふさわしく、皆粛然と仕事に取り組んでいた。

しかし今の秋吉には、誰もが内面を押し隠し、悪意のファイルを机上のパソコン内で増殖させているようにさえ思われた。

「課長」

自席に座った瞬間、不意に呼ばれて飛び上がりそうになった。

声の主は、前島であった。

「人事課に行っておられたそうですね」

前島が囁くような小声で言う。

横目で沢本の席を見る。不在であった。

「沢本君は」

「課長がお戻りになるのと入れ違いに、資料を取りに行きました」

「そうか……」

「それで、飴屋課長の様子、どうでした？」

その問いに、秋吉はまじまじと相手の顔を見つめる。

つい先ほどまでの飴屋との会話が頭の中で蘇る。前島が飴屋の〈協力者〉でないという保証はない。それどころか、最もその可能性が疑われるのは他ならぬ彼女だ。

どう答えるべきか、咄嗟には考えつかなかった。

「あの、飴屋さんの様子を探りに行ったんじゃないんですか？　私、てっきり……」

こちらが黙っているので、前島が怪訝そうに問い直してきた。

「いや、その通りなんだ。しかし飴屋の話をどう解釈したものか、頭の中でうまくまとめられなくてね」

かろうじてごまかしたが、本当にごまかせたのかどうか、我ながら自信がなかった。

「なんて言ってたんです、飴屋さん」

「荻窪に行きつけのラーメン屋があるってさ」

「嘘に決まってるでしょう、そんなの」

「本人も嘘だと言っていた……いや、そうとまでは言ってなかったな」

「どっちなんですか」

「それが分からないから困ってるんじゃないか」

飴屋との会話を不必要に繰り返し、考える時間を稼ぐ。

そして、決断する。

「どうやら飴屋は、俺達の行動を完璧に把握しているらしい」

前島が両眼を見開いた。やはり演技とは思えない。

「それって、どういうことなんですか」

「つまり、誰かが飴屋と内通してるってことさ」

「でも、私達が先週緒形さんの家に行ったのを――」

そこまで言ってから、前島ははっとしたように沢本の席に視線を遣る。

「まさか、沢本さんが」

「分からない。彼がそんなことをするとは思えないし」

「でも、ほかに知っていた人なんて……」

「ともかく、飴屋は俺達に警告しようとしたんだと思う」

それだけで彼女はすべてを察したようだった。

「分かりました。気をつけます」

「お互い、そうすることにしよう」

前島は一礼して自席に戻った。どこまでも平静に見える足取りだった。

これでよかったのだろうか――

自分のパソコンを起動させながら、秋吉は自問自答する。

答えはない。ただひたすら、機械的にキーを打ち続ける。そうすることによってしか、無限に続く疑心暗鬼の輪を断ち切れなかった。

午後になって、デスクの内線が鳴った。表示された番号を見ると文芸編集部からだった。

「はい、推進部第一課秋吉です」

〈俺だ、宇江だ〉

第四部の宇江の声が飛び込んできた。

「あっ、宇江さん、この前はどうも」

〈挨拶は置いといて、今すぐにこっちへ来られるか〉

切迫したものを感じ取り、我知らず声を潜める。

「行けますけど、何があったんですか」

〈こっちで話す。すぐに来てくれ……あ、絶対に誰にも言うなよ。一人で来い〉

「分かりました。すぐに行きます」

自然な態度を装って立ち上がり、ドアの方に向かう。

廊下へ出たとき、図らずもちょうど戻ってきた沢本と出くわした。

「あ、課長、どちらへ」

動揺が顔に出なかったか、大いに気にしながら答える。

「営業から呼び出された。これだから中間管理職はめんどくさいよ」

「お疲れ様です」

特に不審そうな様子も見せず、沢本は室内へと入っていった。

秋吉は半ば反射的に息を吐き、エレベーターホールへと急いだ。

前回訪れたときと変わらず、宇江の席は本とコピーの山に埋もれていた。違っていたのは、予期せぬ先客がいたことだ。

雑誌編集部の新人で、名前は確か北森(きたもり)だった。新人と言っても、入社してすでに三、四年は経っているだろう。それでもまだ初々しさを残す童顔だ。

「まあそこら辺に座ってくれ。いつもとおんなじでほかに聞いている者はいないから心配するな。ただし、大声は出すなよ」

宇江は秋吉に空いている椅子を勧め、近くに座っていた北森を紹介する。

「北森は知ってるな。『パラダイス・アレイ』の編集部にいる。大学ラグビー部の後輩なんだ」

「よろしくお願いします。宇江先輩には入社時に相談に乗ってもらったりしてました」

とてもラグビー部出身には見えない体格の北森が、緊張の面持ちで頭を下げる。パラダイス・アレイは千日出版の月刊総合情報誌で、コミックやエンターテインメント色の強い雑誌の多い千日出版の中でも、比較的硬派の路線を維持していた。

「教育事業推進部の秋吉です」

秋吉も腰を下ろしながら挨拶を返す。

「早速だけど、さっきこいつが妙なネタを持ってきたもんでさ、おまえも興味あるだろうと思って呼んだんだ。北森、悪いけどさっきの話、もう一回頼む」

「はい」

北森は心持ち椅子を前に引いて話し出した。

「僕の知り合いで、『週刊毎星』で記者をやってる男がいるんですが、そいつがどうも、ウチの梶原局長について調べてるらしいんです。ウチと違って役員命令の自粛なんてないものだから、ご家族にも取材しようとして手酷く追い返されたとか」

「週刊毎星が梶原さんを？」

うっかり大きな声を出してしまった。宇江が苦い顔で唇に人差し指を当てる。

秋吉は慌ててトーンを落とし、

「幹夫君の件はウチにとっては大問題だが、毎星にとっては単なる一家庭内の問題じゃないのか」

「それが、調べてるのは幹夫君のことじゃないんです……あ、いや、幹夫君の件にも関係してるから調べ始めたと思うんですけど、毎星が追ってるのは、局長の育草舎時代のことなんです」

育草舎は、かつて千日出版が吸収した教育系出版社の名門である。梶原局長はその幹部役員であった。

「局長の経歴は社員の誰もが知っている。今さら週刊誌が追いかけるほどのネタじゃないだろう」

「いいから黙って聞け」

口を挟んだ秋吉を、常になく苛立った様子で宇江が咎める。

「秋吉さんのおっしゃる通り、そのことはみんなが知ってます。だけど、育草舎からウチに移ってきたのは梶原さんだけ。しかも教育事業局を任されるという最高の待遇です。社長や幹部役員を含めた育草舎の他の社員は、みんな散り散りになったっていうのに、梶原さんだけ妙に恵まれすぎてるとは思えませんか」

「それは局長の実力と人望があってのことだろう。現にウチで梶原さんがやってきた仕事を見れば――」

「梶原局長の実力については異論なんてありません。だけど、人徳とか人望とか言い出せば、育草舎の社長だった草野さんは教育出版の良心とまで言われてたそうですし、番頭格の副社長だった長谷川さんは草野さんを支えて現場を仕切った豪腕の持ち主だったそうじゃないですか」

「よく知ってるじゃないか、北森君。君、ひょっとして俺より年上なんじゃないの」

言ってから後悔する。込み上げる不安に、年甲斐もない皮肉を口にしてしまった。

「確かに僕は当時のことなんて直接知ってるわけじゃありません。全部伝説として聞いた話です。育草舎って、教育出版の世界じゃレジェンドですから」

「じゃあ、何が言いたいんだ」

「育草舎の吸収はウチの社長マターだったんですよね」

その通りだ。ゆえに梶原は忠実な社長派と見なされている。

「もしかして、吸収の際に何か不正があったということか」

「それが……そういうわけでもないようなんです」

北森が言いにくそうに顔を歪める。

「毎星が最終的に狙ってるのは、どうやらウチの黄道学園のプロジェクトそのものらしいんです」

「まさか」

「しかも、そこへ局長の息子さんが死亡するって事件があったものですから、いよいよ本腰を入れてきたようで……」

「いいかげんなことを言うな。局長を別にすれば、黄道学園については俺が一番よく知ってる。このプロジェクトは、社会にとって意義ある事業だ。週刊誌に狙われるようなスキャンダルとは絶対に無縁だと断言できる」

「そんな、僕に言われても……人づてにそんな話を耳にしたところへ、さっき言った毎星の知り合いがそれとなく接触してきて社内事情を聞き出そうとしたもんだから、これは何か根拠があるんだろうなってピンと来たわけで。あ、もちろん毎星の奴には適当にとぼけておきました」

「その根拠ってのは一体なんんだ」

「だから僕も詳しくは知らないんです。ネタがネタですから、社内で相談できるのは宇江先輩しかいなくて……」

「秋吉、俺がなんでおまえを呼んだか、これで分かったか」

腕組みをして聞いていた宇江が口を開く。

「毎星は記者にも昔気質の目利き腕利きが揃ってるって評判だ。そいつらがはっきりウチに目を付けた。その意味が分かるか」

週刊誌には大きく分けて新聞社系と出版社系とがある。毎星新聞社の系列である毎星新聞出版が発行する週刊毎星は言うまでもなく前者の代表的な例だ。

「認めたくないが、毎星が飛びついてくるような何かがウチにあった。梶原さんと黄道学園に関してだ。自分の会社のこととは言え、俺だって事件モノやノンフィクションをやってる出版人だ。どうしたって気になるさ。北森のパラダイス・アレイだって関係なくはないだろう」

「もちろんです」

緊張と自負の入り混じる面持ちで北森が頷く。

「第一、ウチがひっくり返ったりしたらコトだしな。自慢じゃないが、このトシで再就職できる自信はねえよ」

軽く冗談めかして笑ってから、宇江は厳しい顔に戻って言った。

「毎星につかまれる前に俺達でこの件について調べるんだ。だが事が事だから最小限の人数でやる必要がある」

それがこの面子（メンツ）というわけか。

「この情報を持ってきたのは北森だし、パラダイス・アレイは社会情勢や事件も扱ってる。少しくらい動き回っても怪しまれないだろう」

「えっ、ちょっと待って下さいよ」

「社内じゃねえ。社外で、の話だよ。毎星や他のメディアの動きを調べるんだよ」

北森はほっとしたようだった。彼もまた社内で目を付けられることを恐れているのだ。

「分かりました。それでしたら」

「次に秋吉、おまえは黄道学園構想の全体について熟知してるし、同時に誰よりもプロジェクトの成否が気になってる。そうだよな」

「はい」

「だったら決まりだ。この三人でやる。北森はパラダイス・アレイの取材のふりをしてほかの雑誌や新聞社を当たれ。俺はノンフィクション系のライター連中に探りを入れてみる。秋吉は吸収前後の育草舎について知ってる人を当たってくれ。そっち方面に人脈はあるんだろう？」

「ええ。編集者だけじゃなく、教育関係の人達とはまめに連絡を取るようにしてますから」

「よし、すぐにかかろう」

秋吉は立ち上がろうとした宇江を呼び止める。

「宇江さん」

「どうした」

「人事課の飴屋には気をつけて下さい」

北森が目を見開く。

宇江は慎重な様子で、自らを鼓舞するかのように頷いた。

「分かってる。おまえが黄道学園について詳しいように、俺は社内政治に詳しいんだ。職業柄というやつかな」

独り言にも似た宇江の言葉は、頼もしくもあり、またどこまでも秋吉の不安をかき立てた。

7

もはや社内に信用できる者はいない。

親しい人は何人もいる。だがこうなってしまえば、いつ、誰が裏切るか、神ならぬ凡俗の身に見分けがつくものでは到底ない。

ことに人事課長の飴屋と人事課員達は要注意だ。そして各部署に潜んでいるらしい彼の〈協力者〉にも。

直接の部下である沢本と前島にも打ち明けられない。それどころか、彼らの目を欺きつつ宇江から任された役目をこなさなければならないのだ。

課長代理の沢本と、課長補佐の前島。この二人のどちらかが飴屋と内通している可能性が高い。会社の廊下を歩くにも、気がつけば足許に仕掛けられたトラップを気にしている。どうしようもなく現実的でありながら、どうにも現実感がない。まるでゲームの世界のキャラクターにでもなったような気分であった。

危険な兆候だと思った。信じられないこと、信じたくもないことが重なりすぎて、現実と虚構の境を見失いつつある。

だがこれはまぎれもない現実なのだ。

このトラップに満ちた道を潜り抜けない限り、黄道学園の実現はない。また自分の将来もない。

秋吉は本来の業務をこなす傍ら、育草舎について調べ始めた。

当時の社員に連絡し、昔話に興じるふりをして情報を集める。

「あの頃はまだよかったよ。今はさ、政府主導で教育改革とか言っといて、いざ蓋を開けてみたらなんのことはない、てんでお粗末なもんじゃないか。かわいそうなのは学生さんと親御さんだよ。政治家も役人も自分のことしか考えてない。見苦しいねえ。文科省の看板なんて外した方がいいんじゃないの」

育草舎で参考書の編集をやっていた老人は、老人ホームの面会室で饒舌に話してくれた。

自分が現役だった往時を懐古し、現在の状況を切って捨てる。老人に特有の傾向だと言い切れぬあたりが今という時代の恐ろしさだ。

老人の思い出話と繰り言に微笑みながら辛抱強く耳を傾け、合間を見つけては求める方向へと話題を誘導する。

「あの頃から梶原さんはやり手だったね。とにかく話をまとめてくるのがうまかった。君も知ってるだろうけど、この業界は何かあればすぐ文科省に呼び出されてさ、ねちねち役人に嫌味を言われる。それがもう、ほんと偉そうなの。私なんか、何度キレそうになったことか。君が代の記述がどうとか日の丸の図がこうとか。おまけにあいつら、朝令暮改もいいとこだからね。その時々の政治家の顔色だけ見てさ。そこへいくと梶原さんは偉かった。何を言われてもじっと我慢して、最後には必ずいい結果を持ってくる。だから社長の草野さんも信用してたんだ。千日出版さんも、梶原さんのそういうところを評価したんだと思うよ」

誰に訊いても、梶原の人物像に大きなぶれはなかった。

それは取りも直さず、秋吉の知る梶原そのものであった。

しかし、中に一人、気になることを口にする者がいた。当時梶原の下で働いていた松元（まつもと）という男である。今は出版とは無関係な会社で働いているという松元は、皆と同じく、梶原の手腕を評価しながら、最後にこう付け加えた。

「千日さんとの縁談ね、あれは確かに育草舎にとっては渡りに船って感じだった。出版不況はとっくに始まっていたからね。その話を持ってきたのが梶原さんだった。あの人が千日の晴田さんとそんなつながりがあったなんて、全然知らなかったもんだから、いや、驚いたねえ。はっきり覚えてるよ。草野社長だって驚いてたくらいだ。その後両社の交渉窓口になったのも梶原さん。功績は大きいよね。だから千日の重役に納まったのも当然だと僕は思ってるんだけど……」

そこで松元はじっと考え込むように、

「うん、こうして振り返ってみると、梶原さんの手掛けた仕事って、全部が全部、うまくいきすぎてるような気もするな。当時の僕はただ梶原さんに言われるままに働いて、ただ『凄い、凄い』って感心するだけだったけどさ。それにしても……」

　またも考え込んだ松元をそれとなく促す。

「何か気になることでも？」

「うん、やっぱりうまくいきすぎだよ。ほかの人が交渉して埒が明かない案件でも、梶原さんが手掛けると魔法のようにうまくいく。僕も社会人、いや会社人かな、長くやってきたけどさ、普通はないじゃない、そんなこと」

「梶原さんには何か特別な手法とかがあったってことでしょうか。もしくはコネとか」

「さあ、そこまでは……梶原さんの下にいた僕が知らないくらいだから、もしそんなのがあったとしたら、よっぽど気をつけて隠してたんだろうね。ま、どっちにしたって、確信があって言ってるわけじゃないから。仮にそうだったとしても、僕の梶原さんに対する敬意はこれっぽっちも変わりませんよ。手法であっても人脈であっても、それが会社員の武器ってもんじゃない」

「おっしゃる通りです」

　松元に同意を示して別れたが、その話は秋吉の心になぜか不自然な苦味となって微かに残った。

梶原局長は依然休暇中で、会社には姿を見せていない。

秋吉のもとには、黄道学園プロジェクトに関連する企業から説明を求める客が今も絶えることなく訪れていた。黄道学園の主体はジュピタックのテクノロジーによるインタラクティブ授業だが、通信制高校では登校して実際に授業を受ける「スクーリング」の実施が定められている。このスクーリングやリアルでの充実した交流を目的とした校舎の建設も計画されているため、建設業者や学校用品の納入業者もやってくる。ことに幾多の修羅場を踏んできた海千山千の建設業者を相手にするのは、秋吉一人の手には負えない。金額も莫大だ。当然小此木部長や他の幹部を交えての大掛かりな会議となる。

そうした業務と並行して、コミック学参シリーズの仕事もこなさねばならない。自ずと疲労が溜まっていった。

だがここで挫けるわけにはいかない。

秋吉は本業のわずかな合間に、宇江のいるフロアへと向かった。集合の時間はSNSのアプリケーションでお互い連絡を取り合って決めるようにしている。

そこで宇江、北森と合流し、それぞれの成果を報告し合う。

秋吉の報告が松元の話に及んだとき、北森が勢い込んで言った。

「やっぱり、梶原局長にはなんかあったんじゃないですかね、育草舎時代に」

　宇江が鋭い目を向ける。

「おまえの方にも引っ掛かってくるようなことがあったのか」

「そうなんです。さすがに毎星は危なくて避けましたけど、『チューズデイ』とか『国際論壇』とかの知り合いに当たってみたところ、どこも梶原さんのこと調べてるみたいでした」

「ほんとかよ。みんなして大事なネタをおまえにベラベラ喋ってくれたってのか」

「まさか。それとなく振ってみたら、みんな『へえ』とか『ふうん』とか言って、気がつくと話を逸らされてる。ベテラン揃いだけあってうまいもんです。うますぎるもんだから、かえって分かるんですよ。あ、当たってたんだなって」

　宇江は「うーん」と唸って無精髭の伸びた顎をさすった。

「付け加えると、まだ水面下で動き始めたところって感じもしましたね。何か確証があったら、千日の僕なんてもっと警戒されると思うんですよ」

「宇江さんの方はどうでした？」

　秋吉が振ってみると、宇江は組んでいた足をほどき、

「実は、俺の集めた情報も符合するんだ。『月刊論叢』とかでライターやってる男がいてな、今風に言うとジャーナリスト、昔風に言うとルポライター、もっと昔風に言

うとトップ屋ってやつだ。ウチでも何冊か出してて、そのときの担当が俺だった。そいつに探りを入れたら、言葉を濁しやがるんだよ。俺が千日の社員だと知ってるからな。それでもいろいろ突っ込むと、梶原さんの人脈を調べてるって認めたよ。まだ下調べの段階だとも言ってた。さすがに黄道学園との関係までは口に出しもしなかったがな」

局長の人脈――

秋吉が思いを巡らせていると、北森が首を傾げながら、

「あの、どうも話が広がりすぎてませんか。どの雑誌も梶原さんを追ってるなんて、政治家とか芸能人とかのスキャンダルじゃあるまいし」

「なんだよ、おまえが自分で言ったんじゃないか」

呆れたように宇江が応じる。

「そりゃそうなんですけど、なんだか実感が湧かなくて」

実感が湧かないのは、秋吉も同じであった。

それから五分ばかり意見を交わし、その日は解散となった。いくら宇江のフロアが閑散としていると言っても、そうそう長居はしていられない。怪しまれる危険が増大するし、仕事の時間も迫っている。

秋吉は急いで六階に戻った。エレベーターの中で腕時計を見る。来客との面会時間

が迫っていた。

　その日の客は、天能ゼミナールの磯川だ。議題は授業内容の確認である。黄道学園プロジェクトはあくまでも〈一時中止〉中であって、間もなく再開すると各社に説明している。天能ゼミナールとしてはその間にも細部の詰めをできるだけ行なっておきたいのだ。向こうから足を運んでくれるだけ、ありがたいとも言えた。

「あ、課長、天ゼミの磯川さん、もうお見えになってます」

　フロアに入ると、沢本が立ち上がって告げた。

「応接室にお通ししておきました」

「そうか、じゃあ急ごう」

　約束の時間より五分ばかり早く来るのが磯川の常である。秋吉は必要な書類をまとめて脇に抱え、前島と沢本を連れて応接室に向かった。

　先方も何人かで来ていると思ったが、予想に反して磯川一人であった。

「いや、どうも、お待たせしました」

　明るい表情を作って席に着いた秋吉は、磯川の表情がいつになく険しいものであることに気がついた。

「どうかなさいましたか」

「いえ……」

磯川は言葉を濁した。何もかもがいつもと違う。

秋吉は二人の部下と目を見交わし、磯川に向き直った。

「弊社に関して、何か気になることがあるようでしたら遠慮なくおっしゃって下さい。私どもはそのために今日までパートナーシップを築いてきたと考えておりますので」

「秋吉さんにそう言って頂けると安心します」

その言葉とは裏腹に、磯川の視線はじっとこちらの肚を窺っているようだった。

「実は、お電話でお伝えしようかとも思ったのですが、今日御社との打ち合わせの予定があったものですから、直接お話しした方がいいかなと思いまして」

一言一言、わざと間を持たせるように発している。こちらの反応を見るためか。

一体何を言おうとしているのだ――

秋吉の胸のあたりで、不安の塊が急速に膨れ上がる。

「昨日、弊社二企の島頭に週刊毎星の記者が非公式に接触してきたらしいんですよ」

島頭とは天能ゼミナール第二企画部の島頭部長、つまりは磯川の上司である。

「島頭は広報を通してくれと言ったそうなんですが、その記者が言うには、そんな大層なものじゃ全然なくて、単に話を聞いて回ってるだけなんだと。ほんとかどうかは分かりませんがね。とにかく、だから非公式ってことらしいです。それで何を訊いてきたかっていうと、なんと御社の梶原局長のことだったと。島頭も梶原さんのご不幸は存じておりますから、滅多なことを言うものではないと叱りつけたところ、記者は慌てて、育草舎時代の梶原さんに特別なパイプがあったんじゃないかって、そのことを調べてるんだと」

「特別なパイプ、と申しますと」

「さあ、そこが問題なんですよ」

また も磯川は間を持たせて目を鋭く細める。

「よくよく話を聞いてみると、梶原さんは文科省との間に特別な関係を構築してたんじゃないかと。それも癒着と言っていいくらい親密なものだったんじゃないかと、まあ、そんな疑いを持っているようで」

ふざけるな、と言いかけて自制する。

相手は自社の人間ではない。パートナー企業の窓口とも言える人物なのだ。

「つまり、梶原さんには——癒着と言っていいのかどうかまでは知りませんよ——文科省との間に強力なコネがあった。だから梶原さんの手掛ける案件はなんでもかんでもスムーズに事が運んだ。今回我々が手掛けている黄道学園のプロジェクトも、政府の定めた特区を利用したものでしたよね。その認可が信じられないくらいのスピードで下りたというのも、そのパイプのおかげなんじゃないかと」

「待って下さい」

制止せずにはいられなかった。大声を上げそうになる己をかろうじて押しとどめ、

「いきなりそんなことをおっしゃられても……そもそも、我々の裁量の範疇にないお話ですし、一体どうしろと……」

「島頭はもちろん信じてなどおりませんよ。ですが島頭も私も、危惧はしております。万一それが本当で、マスコミに書き立てられたりしたら、新しい学校作りのプロジェクトなんて根底からひっくり返る。私ども天能ゼミナールはこれまで投じた資金だけでなく、教育機関として営々と積み上げてきた社会的信頼をも失ってしまうことになる。到底看過できる事態ではありません」

反論の余地は皆無であった。そもそも秋吉自身が、つい先ほど宇江達とこの件について密談してきたばかりである。

よりにもよって、磯川からこういう形でその〈解答〉を突きつけられる恰好になろうとは。

秋吉の左右では、沢本と前島が声もなく硬直している。

「島頭は私が今日御社に伺う予定であることを把握しておりますので、それで私に教えてくれたのでしょう。早い話が『まず感触を確かめてこい』ってことですかね。これは事が大きすぎます。上の方まで話が行く前に、まず我々の間で調整できるものなら調整しておけと。そういうことじゃないかと理解しました」

一見、手の内を晒しているようで、磯川の真意はまるで見えない。切れ者と呼ばれる所以である。

「ご厚意には感謝します。私どもにとってはまったく寝耳に水と申しますか、ご指摘にもございました通り、事が大きすぎますので、この場ではなんとも申しようが……」

答えながらも気がつけば、磯川はこちらの表情を凝視している。

少しでも嘘が混じっていると感じれば、ただちに攻撃に移る気だ。

「沢本君、前島君、君達は今の話を知っていたか」

発言の途中で咄嗟に二人の部下へ話を振った。

二人は首を左右に振って口々に否定する。

「まさか」「初耳です」

本当に知らなかったはずであるから二人の態度には真実味がある。磯川も納得したようだった。

「分かりました。では秋吉さん、仮にですよ、仮にその話が本当だったとしたらどうします？　なんらかの対策を立てておかねば、弊社も御社も、とんでもない打撃を被ることになる。我々も責任を免れません」

会社員にとっては悪夢としか言いようのない事態である。磯川の顔色もいつの間にか氷のような蒼へと変じている。

「梶原は現在休みを取っております。本来ならばすぐにでも梶原を呼び出して返答させるところですが、ご存じの通り、不幸があったのは事実ですから、すぐに対応できるかどうか、私にはなんとも申し上げられません。しかし、このことは上長に伝えまして、必ず――」

「その場しのぎはやめて下さい」

磯川が冷徹に告げた。

「ウチは具体的な方策を求めてるんです。事態の深刻さは皆さんもよく分かっておられるはずですよ」

一言もなかった。情で引き下がってくれるほど甘い人物ではないと思っていたが、磯川の厳しさは予想以上だった。

何か言わねば――早く何か――

「こうしてはいかがでしょう」

口を開いたのは前島であった。

「私ども推進部の直接の上司は部長である小此木です。せっかくのご配慮ではありますが、私どもとしては小此木に報告しないわけには参りません。まずこれをしっかりと行ない、小此木から本日中に御社の島頭部長に連絡させるように致します。梶原に社内的な聴き取りを行なうか否かにつきましては、先ほど秋吉が申しましたように、私どもの職権の範疇を超えておりますのでこの場での明言は致しかねます。その上で、磯川さんが求めておられます現場での調整に関しましては、梶原に関するご懸念が事実であった場合と、そうでなかった場合。また本件が漏洩して表面化した場合とそうならなかった場合。さまざまな状況が想定されますので、現状での打ち合わせが無駄になってしまう可能性があるのではと愚考します。つきましては、二日のご猶予を頂けませんでしょうか。その二日間でできる限りの調査を行ない、その結果に応じて三日後に改めて現場サイドにおける調整を協議させて頂く。これならば限られた時間の中で最大限に無駄を省けるものと存じます」

沢本は呆気に取られたように前島を見つめている。

秋吉もまた同じであった。

できる人材だとは思っていたが、ここまでとは――

しかし同時に、微かな疑念も湧いてくる。論旨が明晰すぎる。まるで、あらかじめ原稿を用意していたかのように聞こえなくもなかった。

やはり前島は、自らの有能さをアピールして自分を追い抜こうと目論んでいるのか。

そのために磯川の出方をシミュレートしていたのではないか。

磯川は無言で目を閉じている。前島の提案を頭の中で検討しているのだろう。

やがて目を開けた磯川は、感情を表わすことなく頷いた。

「どうやらそれがいいようですね。分かりました。私は今のご提案を持ち帰らせて頂きます。三日後、でしたね？」

「はい」

前島が毅然と返答する。今や話し合いの主導権は課長である秋吉を離れて彼女に移っていた。

「そちらからのご指定ですから、ご都合はよいものと拝察します。では三日後の同じ時間に、何人かでこちらへ再度伺いますので、その際に詳しく協議することと致しましょう」

そう言い残し、磯川は満足したように――本心は分からないが――退室していった。

秋吉達は彼をエレベーターホールまで丁重に見送り、再び応接室へと向かった。

「やるもんだねえ、前島君」

コーヒーのカップを片づけている前島に、沢本が感心したように言う。

「あの状況であそこまで言えるなんて、いや、見直したよ」

「そんなことないですよ」

謙遜していようでありながら、前島の面上にはポイントを先取したアスリートのような笑みが浮かんでいた。

秋吉はあえて何も言わずに、コーヒーカップやミネラルウォーターのペットボトルをトレイの上にまとめて置く。

確実なのは、前島の提案が当を得たものであったこと、そして自分の面子が社の内外で丸潰(まるつぶ)れとなったことだ。

だが、そんなことはどうでもいい。

飲み残しのコーヒーを見つめ、胸の中で今聞いたばかりの話を反芻(はんすう)する。

梶原局長が、文科省と癒着していた——

尊敬できる上司として、誰よりも信頼してきた人物。その人が、本当に不正に手を染めていたのだろうか。

衝撃が大きすぎて、考えがまったくまとまらない。果てしなく断片化した感情が、脳髄の中で旋回している。悲しいのか、悔しいのか、あるいは怒っているのか、それすらも分からない。

信じられないとしか言いようがなかった。だがもしそれが事実であるとするならば、多くの疑問と符合する。

トレイに手をかけて運ぼうとしたとき、唐突にあることに思い至った。

凍りついたように足が止まる。

もしかしたら——飴屋はこれを知っていたのではないか。

充分にあり得る。むしろ、そう考えた方がこれまでの飴屋の行動に合点がいく。

彼は——彼とその上にいる者達は知っていたのか——知っていながら社員を欺いているのか——

「どうかなさったんですか、課長」

前島が心配そうに声をかけてきた。

「いや、なんでもない」

そう答えて応接室を出る。前島の表情に、優越感に近い色が一瞬見えたように思ったのは気のせいか。

トレィを近くの給湯室に戻し、秋吉は沢本と前島を振り返った。

「よし、急ごう」

二人は緊迫の面持ちで頷いた。

前島のおかげで窮地を脱したとも言えるが、彼女は磯川に「今日中に小此木部長から島頭部長に連絡させる」と明言したのだ。すぐに小此木に報告しなければならない。

教育事業推進部のフロアに戻ると、幸いにも小此木はデスクにいた。

秋吉達の様子を見て、何かあったと察したらしい。

「どうした」

向こうから声をかけてきた。

「部長、内々で至急お話があります」

声を潜める秋吉に、小此木は作業中だったパソコンにロックをかけて立ち上がった。

「じゃあ、ちょっと場所変えようか」

四人ですぐさまA会議室に移動し、ドアを閉める。

「で、なんなんだ、一体」

奥の椅子に座ると同時に、小此木が苛立たしげに訊いてきた。

秋吉は手短に磯川との面談の内容について説明する。予想通り、小此木の顔色が見る見るうちに変化した。

「僕から島頭さんに電話すると、そう約束したと言うんだな？」

「はい」

部長は暗鬱な表情でため息をつき、

「どのみち連絡はしなくちゃならないだろうけど、その前に常務の指示を仰がんとな。いくらなんでも話が重大すぎる。僕の勝手にはできん」

その場で内線電話を取り上げ、小此木は常務の秘書を呼び出した。

「……すぐにお伺いするとお伝え下さい。では」

受話器を置いた小此木は、「君達も一緒に来い」と言って足早にA会議室を出た。

秋吉達はすぐさま上司の後に従う。

小此木が動揺しているのは確かだが、梶原の疑惑について知っていたのかどうか、十三階に上がった一同は、上山秘書に目礼して常務の執務室に入る。

「失礼します」

「みんな適当に座ってくれ」

倉田常務は待ち構えていたようにデスクから応接セットのソファに移動し、促すように小此木を見た。

「秋吉君、さっきの話を」

小此木に命じられ、秋吉は磯川との話を繰り返した。

倉田はじっと無言で聞いている。

やがて話し終えた秋吉に対し、倉田は念を押すように、

「秋吉君、君は三日後に天能ゼミナールと協議すると約束したと言うんだな」

はい、と答えかけたとき、前島が割り込むように口を挟んだ。

「咄嗟のことでしたので、私がそう提案させて頂きました」

自らの手腕をアピールする気だ。

「君が？」

「はい。さしでがましいとは思いましたが、あの場合――」

「何を考えてるんだっ」

予期せぬ叱責を受け、前島が絶句する。

「勝手に期限など切ったりして！　こっちはそれまでに対策を立てねばならなくなったということじゃないか。君にそんな権限を与えた覚えはないぞ。一体何様のつもりだ」

その烈しさに、秋吉は慌てて助け船を出す。

「お待ち下さい常務。前島君の提案がなければ、磯川さんは到底――」

「これは上司である君の責任でもあるんだぞ。部下が勝手な発言をする前に、もっとうまく話を誘導できなかったのか」

怒りの矛先が今度は秋吉に向けられた。

「どうするつもりだ、えっ？　このまま天能ゼミナールとのパートナーシップに亀裂が入りでもしたら、今度こそ本当にプロジェクトは終わってしまうぞ」

その発言に対し、欺瞞にも似た不条理さを感じた。

「お言葉ですが、天能ゼミナールが我が社にとって大切なパートナーであることは言うまでもありません。だからこそ、誠実さを見せようとする態度がビジネス的に有効なのではないでしょうか。伺っておりますと、まるでその場をごまかしてやり過ごすべきであったとおっしゃっているようにも感じられますが」

倉田は黙った。秋吉の発言が正論すぎて、さすがに反論できずにいるのだ。

「言葉が過ぎるぞ、秋吉君。常務は別に対策が不要だなんて言っておられるわけじゃない。ましてやごまかしなんて。常務はだね、もう少し時間をかけて万全の対策を練るべきだと言っておられるんだよ」

その場をとりなすように小此木がフォローする。

秋吉は驚いて上司を見た。普段は軽薄そうに見える小此木の態度や口調も、内面の見識や矜持を韜晦するものだろうと考えていたのだが、ここまで露骨に役員に迎合できようとは。

しかもそれは、千日出版内部の派閥問題が秋吉の認識以上に峻烈であることを意味している。秋吉は己の甘さを省みずにはいられなかった。

「全員外で待っていてくれ」

倉田はそう言いながら立ち上がってデスクに向かい、内線電話の受話器を取り上げた。社長か誰かに連絡するのだろう。

秋吉達は一礼して退室し、秘書室の椅子に座して待つ。上山秘書はパソコンから顔を上げようともしない。極力関わりたくないという意志が透けて見えた。

秋吉の隣に座った前島は、唇を嚙み締めるようにしてじっと俯いている。

無理もない、と秋吉は思った。彼女のスタンドプレーによる自業自得だと言えなくもなかったが、少なくとも嗤う気にはなれない。他者を出し抜いてでも功績を挙げようとするのは、会社員として責められることだろうか。ましてや、磯川の追及からひとまず逃れられたのは紛れもなく彼女の機知のおかげなのだ。

何か声をかけてやろうとしたが、それはかえって彼女の自尊心を傷つけるだけだと考え、秋吉はあえて無言を貫いた。

およそ十分後、ドアが開いて倉田常務が顔を出した。

「五時から特別会議室で役員会議が行なわれることになった。小此木君、島頭さんへの連絡はこの会議の結果を受けて、終了後速やかに行なってくれ」

「分かりました」

「それから秋吉君」

「はい」

「基本的に部長級以上の会議だが、君も出席するように。直接の担当は君だからな」

「はい」

「言っておくが絶対に他言するなよ。梶原さんのことは当然として、この件に関わるすべてについてだ」

厳命と同時にドアが閉ざされる。

顔を見合わせている一同の背後から声がした。

「お疲れ様でした」

上山秘書であった。挨拶を返す間もなく、上山は再びパソコンへと視線を落とす。早く行けということだ。一同は疲れきった思いでエレベーターホールへと向かった。

「やりすぎちゃったねえ、前島君」

悄然としている前島に、小此木が快活な口調で言った。無神経にもほどがあるとは気づいていない。

「気にすることはないよ。ああ見えて常務はさっぱりしてる人だから」

小此木は〈部下を気遣う上司〉を演じているだけだ。今はそれが嫌と言うほどよく分かる。倉田はさっぱりした性格などでは決してない。部下にいい顔をしようとして、小此木はかえって常務に擦り寄る己の卑小さを露呈していた。

沢本が無言で小此木を見たが、すぐに視線を逸らす。腹立たしく思ったとしても、当然ながら上司を非難するわけにはいかない。

「まあ、今度の件が落ち着いたらみんなで久々に焼肉でも食べに行こうか。君達も疲れてるだろうし、たまにはエネルギーの補給も必要だよ」

誰も返事をしないので不安に感じたのか、小此木はそんなことまで口にした。久々もなにも、小此木と焼肉を食べに行ったことなど入社以来一度もない。

「わあ、楽しみにしてます、部長」

前島がわざとらしい笑顔を作る。

何もかもが痛々しい。秋吉は無言でエレベーターのボタンを押した。

全員で一旦六階に戻ってから、秋吉は口実を設けてフロアを抜け出し、宇江のもとへと向かった。他言無用と念を押されていたが、この件だけは馬鹿正直に守っているわけにはいかなかった。

「本当か、そりゃ」

手短に経緯を告げると、宇江は腕組みをして呻いた。

「梶原さんが文科省となあ……でも秋吉、これでいろいろつながってくるじゃないか」

「まだ事実と決まったわけじゃありませんが、仮に本当だとすると、新聞や週刊誌が局長を調べてたはずですよ」

「それだけじゃないぞ」

「え?」

「ご子息のことだ。あの事件と関係してるんじゃないのか」

あっ——と思った。

なぜ今まで思い至らなかったのだろう。無意識のうちに、その二つを結び付けることを頭が拒否していたのだろうか。

秋吉は自らを恥じた。幹夫のことを常に考えているつもりでいて、いつの間にか思考全体が社内抗争へと傾いていた。自分を最も知らない者は、他者ではなく自分ではないのか。少なくとも、自分が他人に偉そうな顔をできる人間でないことは確かなようだ。

父親の不正を何かの弾みで知ってしまった。それは幹夫にとって、自殺の理由となりはしないか。もしそうだとすると、父親である局長が頑なに「自殺の理由はない」と言い張っているのにも筋が通る。

言葉をなくした秋吉に、宇江は疲れたように掌で顔を拭い、

「問題は五時からの役員会議だ。そこで何がどう話されるか。幸か不幸か、おまえは出席しろって言われてるわけだから、しっかり見届けてこい」

それから宇江は腕時計に目を遣り、

「五時まではまだ時間がある。たぶん梶原さんを呼んだんだろうな」

秋吉も同じ意見であった。

事の真偽をまず本人に質さねば、対策も何もあったものではないからだ。

「北森には俺から伝えておく。俺達は今からすぐその線を当たってみる。会議が終わったら電話をくれ」

「分かりました。あ、それとこのことは――」

「誰にも言うなってんだろ。大丈夫だ。けどよ、緊急の役員会議があるってことはあっという間に社内全体に知れ渡るぞ」

「それはしょうがないでしょう。役員も承知の上だと思います」

長居はできない。宇江とすばやく打ち合わせをしてから、秋吉は何食わぬ顔で六階の自席へと戻った。


五時二十分前に、秋吉は最上階の特別会議室へ向かった。何時に終わるか見当もつかなかったので、軽食でもとっておこうかと思ったが、とてもそんな余裕はなかった。

特別会議室は、社長室の横に位置する重役会議専用の部屋である。課長程度では入室する機会さえ滅多にあるものではない。

ドアをノックしてから中に入る。驚いたことに、五時までまだ十分以上はあるというのに、社長をはじめ主だった役員がすでに揃っていた。しかし事態の深刻さを鑑みれば、驚くに値しないことかもしれないと思い直した。

深々と一礼し、空いていた末席に座る。椅子一つにしても、他の会議室とは段違いの豪華さだ。

その座り心地を味わう余裕もなく、息を整えてから集まった面々を見渡したところ、
今度こそ本当に驚いた。

西脇管理統括本部長の隣に座っているのは、飴屋であった。

今まで見たこともない神妙な面持ちをしているが、飴屋の肩書は自分と同じ課長で

ある。通常なら役員会議に参加できるような地位ではない。秘密警察、ゲシュタポと畏怖される——いや、自称であったか——飴屋がこの場にいることに、議題の不穏さが察せられた。

待て——

もっと不審なことがある。

逡巡（しゅんじゅん）した挙句、秋吉が挙手しようとしたとき、正面に座した晴田社長が第一声を発した。

「定刻には少し早いですが、全員揃ったようなので会議を始めたいと思います。多忙の中、急遽（きゅうきょ）お集まり頂いたのは、すでにご連絡しました通り、梶原教育事業局長に重大な疑惑がかけられている件についてです」

列席した重役達が瞬（まばた）きもせず社長を注視している。

「梶原局長が文科省と癒着していた、あまつさえ我が社の黄道学園プロジェクトの認可が下りたのも文科省との不正な関係のゆえであるなど、いちいち反論するのも馬鹿馬鹿しいほどのデマ、言いがかりであります。しかしマスコミは——まあ、ウチだってマスコミだけどね——マスコミはこういうスキャンダルが大好物だから、早急に対応策を用意せねばなりません。また何より、ビジネスパートナーたる天能ゼミナールへどう報告すべきか、見解を統一しておく必要があると考え、お集まり願った次第です。この際ですから、忌憚のないご意見をお願いします」

「よろしいですか」

まず手を挙げたのは、専務の懐刀と言われる小関プロダクトマーケティング本部長だった。

「この件で最も重要なのは、梶原局長にかけられた疑惑の真偽です。にもかかわらず、この場に梶原さんがおられないというのは、一体どういうことでしょうか」

専務派の面々がしきりと頷き、何事か囁き交わしている。

専務派ではないが、秋吉もまた大きく頷いていた。

先ほど抱いた違和感の正体がまさに梶原の不在であったからだ。

「皆さんもご承知の通り、梶原君はご子息を亡くされて大変な悲しみの中にいる。体調も依然よくないということだ。そんな状態の彼を、マスコミの矢面に立たせるには忍びない」

「梶原さんのご心中はお察しします。しかし、事が事ですよ。万が一にも――」

社長は小関本部長の追及を遮るように、

「梶原君には私が何度も確かめました。彼は天地神明に誓ってそのような事実はないと言っている。ならば、精神的に不安定な状態にある彼を引っ張り出すことは、かえって逆効果になりかねないと判断しました」

室内にざわめきが広がった。

「お待ち下さい。それでは隠蔽と取られかねません」

大音声を発して立ち上がったのは、立花専務その人だった。

小柄な社長とは対照的に、威風堂々とした長身の人物である。その肉体の発する威圧感だけでも相当なものなのに、眼光の烈しさは類を見ない。

「我々はパートナーの天ゼミやマスコミ各社のみならず、文科省、教育界、ひいては応募を検討しておられる生徒さんや保護者の方々を納得させねばなりません。それだけではない。社内の人心をもまとめていかねば到底この難局は乗り切れない。梶原さんを疑うわけではありませんが、ここはなんとしてもご本人に説明して頂かねば、収まるものも収まらないのではないでしょうか」

立花専務としては、この状況を利用してできるだけ社長派からアドバンテージを奪っておきたいというところだろうが、今の場合に限っては、アドバンテージも何もまったく正論であると言うよりない。

全員の視線が専務から再び社長へと移る。社長派と目されている役員の中にも、明らかに専務の意見に首肯している者が少なからずいた。

社長も分かっているはずである。にもかかわらず、そこまでして局長を表に出すまいとする狙いはなんなのか。やはりどう考えても疑惑が事実であり、隠蔽を企図しているとしか思えない。

「立花君の言うことも分かります。ですが一方で、梶原君の体調がよくないというのも事実なのです」

一語一語、絞り出すようにゆっくりと発言している。社長がこのような話し方をするときは、何か策があるということを秋吉は経験的に知っている。〈策〉と言って悪ければ〈提案〉だ。

「梶原君には、回復次第自らマスコミに対して説明を行なって頂くことと致しましょう。精神的にも良好な状態で説明してもらった方が、いろんな意味で最善かと思われますので」

「それは一体いつ頃になるのでしょうか」

すかさず専務が追及する。

「さあ、今の段階ではなんとも言えないし、こればっかりは本人を迂闊に急かしたりしたら事態を悪化させるおそれがある。ですが皆さんもご存じの通り、梶原君は強い人だ。私はそう遠くないものと考えています」

これもまた一理ある。それどころか、人として反論のためらわれる内容だった。

「三日後には天ゼミ側への説明が予定されていると聞いています。それには間に合うんでしょうね」

専務がなおも突っ込んだ。

「そこまではなんとも言えません」

「困るじゃないですか。天ゼミへの説明に間に合わなければなんにもならない」

「三日後に予定されているのは『現場サイドにおける調整の協議』です。私はそう報告を受けておりますが」

社長の言葉を受けて倉田が促す。

「秋吉課長」

突然の指名に、秋吉は慌てて立ち上がる。

「その通りでございます」

「だったら、秋吉君達が対応すればいいことになる。局長級が立ち会う必要はない。もし先方がそこのところを突っ込んできたら、日を改めて必ず本人が説明すると言えばいいんじゃないかな。他のメディアに対しても正式に説明する予定だと言ってもいい」

やはりあらかじめ用意していたのだろう、社長の返答は実に周到なものだった。

「週刊誌というやつはデマであろうと話題性があれば平気で書き立てますからね。その間に何か書かれたらどうするんですか」

専務もまたどこまでも食い下がる。

「それを話し合おうというのがお集まり頂いた趣旨ですよ。そこでまず、直接現場を担当している秋吉課長から皆さんに説明してもらいたい」

「どの部分に関する説明でしょうか」

念のため確認すると、西脇が冷徹な面持ちで告げた。

「天ゼミをはじめとする各社の感触。それに、君が知り得た事実のすべてだ。君は〈個人的〉にあれこれ調べているそうじゃないか。それを我々もぜひ知りたいと思っているんだ」

背筋が瞬時に氷の鉄棒へと変わる。

西脇管理統括本部長は飴屋の上司である。自分の行動はやはり飴屋の監視網に捉えられていたのか。

彼らは一体どこまで把握しているのだろう。一部か、あるいはすべてか。

今や全役員の視線が自分に注がれている。それは決して好意的なものではあり得ない。冷たく容赦のない猛禽（もうきん）の眼光だ。

「私は……」

何か言わねば——早く、何かを——

「私は、担当課長として……」

焦れば焦るほど、言葉はその形を失って、意味をなさない呻きに変わる。

「どうした、聞こえんぞ。はっきり言え」

小関の叱咤が浴びせられた。

「はっ、私は担当課長と致しましてっ」

声を張り上げると同時に。

ノックの音があって社長秘書の今居が顔を出した。

「失礼します」

「会議中は入室禁止だと言ってあるだろう」

社長が咎めるが、今居は構わず入室する。

「は、申しわけありません」

怪訝そうな社長のもとに歩み寄った今居が、何事かを耳打ちする。

「そうか」

社長が一瞬厳しい表情を見せた。

なんだ――？

すぐに社長は、秋吉に向かって言った。

「秋吉君、奥さんから君に連絡があったそうだ。今日はもういいからすぐに電話しなさい」

「えっ、それは」

「いいから早く行きなさい。ご苦労だった」

社長の強い視線に促され、わけが分からないまま退出する。

会議中は常識的にスマホの電源を切ってあった。廊下に出て電源を入れる。妻からの着信が何度もあった。スマホがつながらないので、妻は会社に電話してきたのだ。

残されていた音声メッセージを再生する。

〈あなた、春菜が倒れたの。意識不明よ。誠応（せいおう）病院にいるからすぐに来て〉

取り乱した喜美子の声が流れ出た。

視界が急速に狭まり、何もかもが遠ざかる。足許が不安定に揺れて立っていられない。

意識不明――

我に返った秋吉はエレベーターホールまで走り、ボタンを何度も押していた。

誠応病院は三年前、いじめによって心を病んだ春菜が最後に頼った病院だった。

もう治ったと思っていたのに――

一階まで降りた秋吉はそのままエントランスを走り抜け、外に出てタクシーに乗り込んだ。

「足立（あだち）区入谷（いりや）の誠応病院。急いでくれ」

運転手に行き先を告げ、車内から妻のスマホに電話する。応答はなかった。メッセージを入れようとしたとき、妻が出た。

〈あなた、一体何やってたの〉

責めるような口調だった。それほど動揺しているのだ。

「会議中だったんだ。今そっちに向かってる。春菜の具合は」

〈まだ意識が戻ってないの。どうしよう、このままだったら〉

「落ち着け。何があった」

〈学校で突然倒れたって。フラッシュバックだと思う〉

フラッシュバック——

やはりそれだったか。

心の傷が突然に甦る。怖れていた最悪の事態だった。

〈それで誠応病院に搬送してもらったの。青木先生が診てくれてるわ〉

青木医師は以前入院していたときの担当医だ。秋吉夫婦にとっては最も信頼できる医師であった。

「分かった。とにかく俺が行くまで春菜を頼む」

〈ええ、早く来て、お願い。怖くてたまらないの、私一人じゃ〉

「心配するな。青木先生がついていてくれるんなら大丈夫だ」

電話を切り、両手で顔を覆う。

春菜がまた——あんな日々に逆戻りするようなことになったら——もう耐えられない——大丈夫だ、きっと——どうしてこんなときに——一体何があったんだ——

さまざまな想念が頭をよぎる。想念と言うよりノイズに近い。途轍もなく不快で神経を破壊する不協和音だ。

息を吐いて顔を上げた秋吉は、スマホを取り上げ、今度は沢本に電話した。

〈あっ、課長、さっき奥さんから電話があって、課長のスマホがつながらないからと、それで社長室に〉

妻に負けず劣らず興奮した沢本の声が飛び込んできた。

「分かってる。今病院に向かっているところだ。悪いけど後のことは——」

〈それは任せて下さい。前島君も新井君もよくやってくれてるし、こっちは大丈夫です。それよりお嬢さんの方は……〉

「まだ分からない。とにかくありがとう」

礼を述べて通話を終える。何かが引っかかった。しかし考えている余裕はない。

次に宇江に電話する。

〈秋吉か。俺だ。聞いてるぞ。大変なことになったな〉

部署が違っているにもかかわらず、さすがに宇江は情報が早い。

「ええ、ですので会議の方はどういう展開になったのか——」

〈気にするな。なんとでもなるさ〉

「西脇本部長と飴屋ですが、やっぱりこちらの動きをマークしてるみたいです」

〈なんだって〉

「どこまでつかんでるのか分かりませんけど、宇江さんも気をつけて下さい」

〈そうするよ。こっちのことは一旦忘れて、娘さんに付いててやれ〉

「ありがとうございます。そうさせてもらいます」

スマホをシートの横に投げ出し、またも大きく息を吐く。息苦しくてたまらない。タクシーの窓を全開にしたい衝動に駆られたが、かろうじて己を抑える。そんなことをしても外の熱気と排ガスが流入してくるだけだ。

懸命に呼吸を整えているうちに、病院に到着した。

ナースステーションで教えられた病室に向かい、静かにドアを開ける。

ベッドの横に座っていた妻が立ち上がった。

春菜は眠っているようだった。その寝顔は安寧（あんねい）にはほど遠い、悪夢に追われる子猫を思わせた。

妻の唇が微かに動いた。〈だんわしつ〉と言っている。

秋吉は頷いて喜美子とともに談話室へと移動した。

窓際の席に向かい合って腰を下ろすと同時に妻が言った。

「意識、まだ戻らないの。ずっとあのまんま」

「詳しく話してくれ」

「部活が終わって帰ろうとしてたときに倒れたらしいの。下足箱の前。一緒にいた友達の話だと、急に悲鳴を上げてうずくまって、それから意識を失ったんだって。中に入っていたはずの靴がなかったの」

それか――

かつて春菜は、小学校で靴やバッグを頻繁(ひんぱん)に隠されるという陰湿ないじめに遭った。そのことを思い出したに違いない。

妻もこちらの考えを察したらしく、

「たぶんそれ。でもいじめなんかじゃなくて、靴は先に来た子が間違って取り出したところだったの。その子の箱はすぐ横だったので間違えたのよ。慌てて戻そうとしたら、春菜が悲鳴を上げて倒れたんでびっくりしたそうよ」

その生徒に罪はない。むしろわけが分からず混乱したことだろう。

それでも彼女を恨まずにはいられなかった。靴が隠されたと思った春菜は、一瞬で絶望の底へと突き落とされてしまったのだ。いや、自ら身を投げ入れたと言うべきか。

妻は目頭をハンカチで拭いながら涙声で続けた。

「今の学校はね、ほんとにいい学校で春菜もすごく楽しそうにしてたの。今日だってお友達が春菜のこと本当に心配してくれてて……それだけにまたいじめが始まったって思っちゃったときのショックが大きかったんだわ」

際限なく続く妻の繰り言を、秋吉は黙って聞くよりなかった。

秋吉とて思いは同じである。ただ自分までが取り乱しては、という責任感が、かろうじて感情を制御していた。

「それで、学校や友達にはなんて？」

おそるおそる妻に尋ねた。

学校関係者の中で、春菜の過去について知る者はごく少ない。また何を言われるか分からないからだ。たとえ教師であっても信用できない。そもそも春菜本人が知られることを怖れていた。

「とりあえず『持病がありますので』って言い方をしたわ。最近は個人情報に敏感だから、プライベートなことだって言い切るとあんまり突っ込んでこないの。そこだけは助かる」

「でも、部活の顧問や養護の先生はまた訊いてくるだろう。『把握しておく必要がある』とか言って。担任の先生にだって連絡が行くだろうし」

喜美子は小さく頷いた。

「それは青木先生も気にして下さってて、特別にお手紙を書いてくれるって。学校として春菜にどう接していけばいいかまで丁寧に触れて下さるそうよ」

「本当か」

ほんの少しだけ秋吉は安堵する。

「青木先生がまだこの病院にいて下さってよかったよ」

「ええ」

そのとき、顔見知りの女性看護師が入ってきた。

「あっ、秋吉さん、こちらにいらっしゃったんですか」

振り返った喜美子に、

「春菜ちゃん、目を覚ましましたよ」

「本当ですか」

「ええ、早く行ってあげて下さい」

慌てて病室に引き返すと、ベッドの上に半身を起こしてぼんやりしていた春菜が、たちまち大粒の涙をこぼし始めた。

駆け寄った喜美子が娘を抱きしめる。秋吉も側に立って娘と妻を見守った。

泣きじゃくる春菜に喜美子は、靴がなかったのは単なる間違いであったこと、友達がみんな心配してくれていたことなどを優しく諄々と言い聞かせた。

嗚咽しながらも、春菜は妻の言葉を嚙み締めるように聞いていた。

それから青木医師による診察があって、春菜はそのまま入院することとなった。

青木医師の話では、いずれにしても明日の状態を見てからだが、一晩の入院で済むだろうということだった。

喜美子は付き添いたかったようだが、用意もなく、今夜は帰った方がよいと言われた。

春菜の様子は気になりつつも、多少は落ち着いた思いで秋吉は妻とともに自宅へと引き上げた。

8

あれこれ考えた末、翌日は休みを取ることにした。当面の指示は沢本と前島に伝えてある。

朝早く起きて支度を調え、喜美子と一緒に誠応病院へ向かう。

春菜は思いのほか元気であった。自分達の姿を見ると、ベッドから明るく手を振った。

もしかしたら、心配をかけまいとあえて気丈にふるまっているのかもしれなかったが、それでも最低限の気力がないとできることではなかった。

本当に心を痛めつけられると作り笑いさえできなくなる。秋吉夫婦はそのことをよく知っていた。

春菜を病室に残し、夫婦二人で青木医師と面談する。

いろいろな注意点を伝えられたが、概ね心配することはないと言われた。退院が認められたのだ。

青木医師は、約束通り担任と部活の顧問、それに養護教諭に宛てた手紙を渡してくれた。

何度も礼を述べ、親子三人でタクシーに乗り込んだ。

「ほんとによかった、一晩で退院できて」

車中、喜美子は明るい声で言ったが、その笑顔にはどこか不安そうな翳が滲んでいた。

「ごめんね、心配かけて」

それを敏感に察知したのか、春菜が表情を曇らせる。

「あたし、もう大丈夫だって思ってたんだけど、そうじゃなかったなんて、ちっとも
……」

「春菜が気にすることはない。それが一番よくないって青木先生も言ってた。昨日は

たまたまタイミングが悪かっただけだよ」

秋吉は急いでフォローに入る。厳密には青木医師の説明と少しニュアンスが異なっていたが、今は春菜をリラックスさせるのが先決だと思った。

「今日はお父さんも休みを取ったし、一旦家で休んでから、どこか春菜の好きな所へ出かけようか。夕食はフレンチかイタリアンのレストランにしてもいいんじゃないかな」

するとと春菜は力なく首を振り、

「ううん、それより今日は家にいたい。なんだか疲れちゃったから」

「そうか、じゃあそうしようか」

「あっ、今のは別に引きこもりたいって意味じゃないから」

春菜が冗談めかして付け加える。

決して短くはなかった引きこもりの時期を経てきたせいか、娘は娘なりに親に対して気を遣っているのだ。それがいちいち分かるだけに、秋吉にはかえって耐え難い。

外の陽光とは対照的に、車内の空気は重く沈んだ。

「今日も暑くなりそうねえ」

沈黙を避けようと、妻が当たり障りのないことを口にしたりする。それがかえって、一家の気まずさを増した。

赤信号で停車する。閉ざされた窓のガラスを通してセミの声が伝わってきた。その鳴き声は、生命の謳歌のようでもあり、また己が余命への怨嗟のようでもある。

暗い面持ちでじっと窓の外を眺めていた春菜が、ぽつりと言った。

「お父さん、こんなときに会社休んでていいの」

「えっ」

唐突に言われて困惑した。

「何を言ってるんだ。お父さんもお母さんも春菜のことが――」

「そうじゃないの」

娘は煩わしそうに言い直す。

「黄道学園よ。お父さん、いつも話してるじゃない、もっともっと頑張らないと開校に間に合わないって」

「おまえはそんな心配なんてしなくていい。それよりもっと自分のことを――」

「違うのっ」

春菜は俄然むきになった。

「あたしだって入りたいと思ってるんだから、お父さんの作る学校。だって、家で授業を受けられるだけじゃなくて、海や山でのイベントもいっぱいあるし、友達とも普通に会えるんでしょ」

「ああ」

希望者を対象として、黄道学園プロジェクトがそうしたリアルでの触れ合いを重視しているのは事実である。通信制高校のメリットを活かしつつ、美しい自然環境の中で既成の学校より開放的で参加しやすい空気を醸成する。そこにあるのは強制ではない。あくまで本人の自主性であり、未知の仲間達に対する積極的関心だ。

それはある意味、公私ともに秋吉の人生の集大成とも言える夢であった。

「そうだな」

見失いかけていた理想を、こういう形で思い出すことになろうとは。

感慨の深さに、秋吉は我知らず車線のはるか彼方を見つめていた。

そんな父親の内面を見透かしたのか、春菜はどこか安堵したように、

「あたしはもう大丈夫だから、お父さんは明日ちゃんとお仕事に行って」

娘の容態に対する不安は残っているが、これ以上そのことに触れるのは逆効果だと思われた。

「じゃあ、そうするか」

「今日は休むけど、あたしも明日からまた部活に行くから」

「何を行ってるの、もっと慎重に様子を見ないと」

さすがに妻が心配そうに反対する。

「大丈夫だって。あたし、どうしても行きたいの。お願い、いいでしょ」

「もう、本当に大丈夫なの？」

「うん」

「しょうがないわねえ」

「その代わり、今日は思い切り家でゴロゴロするから。溜まってるドラマの録画も観たいし。夕食はピザを取りたいな」

「出前なら、お父さんはピザより和食の方がいいな。天丼とかさ」

「さっきはイタリアンのレストランに行こうとか言ってたくせに」

「あっ、そうか。確かにピザはイタリアンだな」

「当たり前でしょ」

タクシーの車内は初めて明るい笑いに包まれた。

翌朝、妻と娘は一緒に登校していった。妻が付き添ったのは、万一を考えてのこと と、関係する教員に医師からの手紙を渡して説明するためである。

二人を見送った直後に、秋吉は会社へと向かった。今日出社することは、昨夜のうちに連絡してある。

――役員会議の方は、大した結論は出なかったみたいだぞ。結局は梶原さんを出す、出さないって言い合いに終始したってさ。

深夜に宇江は、電話の向こうで微かに嗤った。

会議に出ていたわけでもないのに、どこからか早速情報を入手したらしい。宇江の面目躍如と言ったところか。

──例の不正疑惑がはっきりしないことには対応策の練りようもないから、専務派はしつこく社長を追及したようなんだが、社長は不正はないの一点張りだし、不正があったらあったで会社全体のダメージになるから専務派も困るしで、なんだかよく分からないまま終わったようだな。

状況からしてそうなることは予想できたとも言えるのだが、それにしても釈然としない経緯であり、結果であった。

宇江と北森による調査の進展について尋ねると、宇江は一段と声を潜め、

──それがなんとも言えないんだ。クロにも見えるしシロにも見える。

意味が分からず聞き返すと、

──文科省と深い仲だったのは確からしい。だけど、それで便宜が図られたのかどうかがはっきりしない。

一般に贈収賄は、贈賄側の利益供与によって収賄側が便宜を図ったという事実が立証されない限り立件は難しい。疑惑の段階であってもマスコミは派手に報道したりす

るものだが、週刊誌でさえ未だ掲載に至っていないことからすると、どうやら事の信憑性は相当に疑わしいと言っていいようだ。

あるいは、梶原局長がそれだけ巧妙な手口を使っていたということか。

――俺も北森も、引き続き明日も外を回ってみる。会社では会えないだろうが、何か分かったら連絡する。気をつけろ。噂はもう広まってるぞ。社内は疑心暗鬼の鬼ばかりだ。

通勤電車の中で、秋吉は宇江との通話を思い返す。考えれば考えるほど分からない。

天能ゼミナールとの会合は明日である。少なくともそれまでに磯川達への対応をまとめておかねばならない。

一方で娘の状態も気にかかる。部活のためと言って元気そうに出かけたが、どこかで無理はしていないだろうか。なんと言っても、学校で意識を失ったのである。心配するなと言う方が無理だろう。

もしまた春菜に何かあったら自分は――

地下鉄が九段下に着いた。

考え出すときりがない。無理矢理に頭を切り替え降車する。

出社した秋吉は、まず部下達に昨日の欠勤について詫びようと思っていた。併せて娘のことについてもある程度は説明せねばなるまい。部下達は皆、娘の過去の〈病状〉について知っているのだ。本来なら真っ先に上司である小此木部長に挨拶すべきところだが、小此木の出社時間は秋吉達に比べてだいぶ遅い。

六階のフロアに入った秋吉に、前島と沢本が歩み寄ってきた。

「おはようございます」

「おはよう。こんなときにすまなかったね」

「いえ、そんな。それより、春菜ちゃんの方は」

前島の問いに、努めて明るく答える。

「大丈夫だ。一晩だけの入院で済んだし、本人の様子も変わりない。今朝は元気に登校したよ。太る太ると言いながら朝食も俺より食ってたし」

二人ともほっとしたようだった。

「いやあ、そいつは何よりですよ。春菜ちゃんもきっと――」

沢本が呑気そうに何か言いかけたとき、他の部下達が一斉に秋吉を取り囲んだ。

二人は驚いて周囲を見回す。

皆一様に殺気立った顔つきである。ただ事ではない。

「課長、お話があります」

全員を代表するように口火を切ったのは新井ではなく、橋口であった。主任の新井は、一同の背後からじっとこちらに視線を向けている。

「なんだい橋口君、課長はお嬢さんのことで大変な——」

「それは分かっています」

前に出ようとした沢本を遮って橋口が続ける。

「課長も大変でしょうけど、こっちだって大変なんです。課長、正直にお答え下さい。梶原局長が文科省と癒着してプロジェクトを進めていたというのは本当ですか」

秋吉は声を失った。

——気をつけろ。噂はもう広まってるぞ。社内は疑心暗鬼の鬼ばかりだ。

宇江の警告の通り、鬼のような勢いで橋口が詰め寄ってくる。

「なんとか言ったらどうですか、課長」

まさか極秘とされていた核心部まで広まっていようとは予想だにしていなかった。

「君達は一体どこでそんな——」

「どこだっていいでしょう。それとも、漏洩源がそんなに気になるんですか。そんなに隠しておきたかった情報なんですか」

「君も社会人なら、企業のトップが極秘とした案件を知っている方がおかしいとは思わないのか」

橋口は一瞬怯んだようだったが、

「これは一企業にとどまる種類のものとは思えません。広く社会正義に関わる問題じゃないですか」

部下達はじっとこちらを睨めつけている。彼らの顔には橋口に対する賛同が一様に表われていた。

「少なくとも我々は、梶原局長の主導する理念を信じてやってきたんです。その局長がこんな……我々は教育事業に関わる人間です。見過ごすことはできません」

「言っておくが、局長が法に触れる行為をやっていたと決まったわけではないんだぞ。それどころか、まだ報道されるほどの根拠さえない」

「だからこそ真実が知りたいんです。我々には知る権利がある。疑惑が真実なら、千日出版に教育事業を手がける資格なんてないっ」

課内最年少の三浦が泣きそうな顔で歩み出た。

「僕も学校で嫌な思い、散々してきました。いじめをしたりされたり、ときには知らないふりをしたり……どっちにしたって学校なんてろくなもんじゃなかった……だから黄道学園の構想は素晴らしいと思えたんです。どんなにつらくても一生懸命仕事に取り組めたんです……もし裏に噂通りの事実があるとしたら、僕、もう今までみたいに仕事できません……」

三浦の吐露する心情に、ほとんどの者が頷いている。

それは俺だって同じなんだ――

喉まで出かかった言葉を苦労して呑み込む。

管理職として、この場合、決して口にはできぬ文言だった。

「どうして黙ってるんですか。答えて下さい、課長。ひょっとして、答えられない理由でもあるんですか」

橋口がさらに気色ばむ。

「理由だと？　そんなものは決まっているっ」

場を制するため、慣れない大声を張り上げた。

頭の片隅を何かが掠める。小鳥だ。音もなく、白い空間を羽ばたき渡った小鳥は、秋吉に向かってまっすぐに差し伸べられた春菜の指先にとまり、小首を傾げて振り返る。視線が痛い。小鳥と、そして春菜の視線が。

「報道もされていない疑惑の真相なんて、俺が知っているわけないだろうっ。第一、局長はまだ会社にも来ていない。俺だって訊けるものなら訊きたいさ」

「じゃあ、我々はどうすればいいんですか」

「会社員なら仕事をしてろっ。会社でいつまでこんな学級会を続ける気だっ」

毒気を抜かれたように全員が黙り込む。成功だ。この機を逃さず畳みかける。

「君達の気持ちはよく分かった。それについては必ず上層部に伝える。なんらかのリアクションを起こすのは事実が判明したときか、上が何か決定したときでもいいはずだ。違うか？　よし、分かったなら朝の会はここまでだ。沢本君、前島君」

「はいっ」

名前を呼ばれた二人が前へ出る。

「明日天ゼミの磯川さんがお見えになる。弊社の対応について打ち合わせを行ないたい。一緒に来てくれ」

返答を待たず踵を返す。背後を振り返ってはならない。追ってくる沢本と前島の足音だけが感じられた。

心の中で冷や汗を拭う。かなり強引だったが、なんとか切り抜けることができた。しかし早急に抜本的な手を打たねば、部下達の憤懣はいつまた爆発するか知れたものではなかった。

秋吉は空いていたD会議室に入り、後に続いていた二人にドアを閉めるように命じる。

テーブルの端の椅子に座り、深呼吸をする。

沢本と前島は、向かいにおそるおそる着席した。

「沢本君」

椅子の背にもたれかかり、沢本を見つめる。

「はい」

「君は最近、新井と親しくしていないか」

「え、どういうことでしょう」

一昨日の電話で、沢本はこう言っていた——〈前島君も新井君もよくやってくれてるし〉と。

秋吉の知る限り、今回の騒ぎが持ち上がって以来、新井が積極的に沢本や前島に協力して課の仕事に取り組んでいるようには見えなかった。にもかかわらず、沢本はあえて新井に言及した。

単なる勘でしかなかったのだが、沢本はあからさまな狼狽(ろうばい)を示した。

「そりゃ、新井君は主任ですから、一緒に飲んだりはしますよ。だけど、それがどうしたって言うんです」

「俺の記憶じゃ、君は彼とそんなに親しくはなかったはずだ」

「円滑に仕事を進めるためにも親睦(しんぼく)を深める必要だってあるでしょうし」

「誘ってきたのは向こうからだな」

沢本は一瞬黙ってから、

「……ええ、そうです」

「最初に課内で揉めたとき、先陣を切って突っかかってきたのは新井だった。ところがさっき新井は一言も喋(しゃべ)らずに黙っていた。この短期間であいつの性格が根底から変わったとは考えにくい。あいつは何か考えがあって、自分が目立たないように橋口らをうまくけしかけたんだろう」

「あの、課長、何がおっしゃりたいんですか」

「君が新井に漏らしたんじゃないのか、梶原さんの疑惑について。そのつもりはなかったのかもしれないが、飲み屋かなんかで調子に乗ってさ」

沢本が黙り込んだ。

前島は沢本の横顔をまじまじと凝視している。

「すみません……」

細く小さく呟いて、沢本はうなだれた。

「喋っちゃった……ような気がします……すみません」

「『気がします』って、どういうことですか。こんな大事なこと、もっとはっきり言って下さい」

前島が沢本に噛みついた。今まで抑えつけていたものが急に爆発したようだった。

「すみません。軽率でした。本当にすみません」

沢本はひたすら頭を下げ続ける。

どうやら彼には背後関係のようなものはないようだ。これ以上責めても埒は明くまい。

「分かった。もういいよ、沢本君。こうなると、問題は新井の真意だな。それが分からないと、課の意見統一なんてとても無理だ」

新井には三歳の息子と第二子を妊娠中の妻がおり、ローンを組んでマンションを購入したばかりだと聞いている。思いつめた挙句、保身のための工作に走ったとしてもおかしくはない。一方で、彼が理想を持って黄道学園の仕事に取り組んできたというのも事実である。

「どうするんですか、課長。課内の一本化もできてないのに、天ゼミに説明なんて。磯川さんは確か、何人かで伺うとかおっしゃってましたよね。この状況だと、磯川さんの上の島頭さんまで急遽おいでになる可能性もあるのでは」

前島の推測は充分にあり得るものだった。

「前島君」

「はい」

「悪いが、戻って新井君を呼んできてくれ。沢本君は落ち着くまでしばらくラウンジでお茶でも飲んでてくれないか」

「はい」

二人は同時に立ち上がり、会議室を出ていった。

アクティブで闘志を残した前島に比べ、沢本の後ろ姿は悄然と打ちひしがれたものだった。

何か声をかけてやろうかとも思ったが、あえて口を閉じる。今の自分に言えることは何もない。

間もなく、新井を連れた前島が戻ってきた。

「なんのご用でしょうか。僕はコミック学参の仕事で手が離せないんですけど」

「そこに座ってくれ」

ふて腐れたような新井に着席を促す。前島がドアを閉めるのを確認し、秋吉は軽く息を吸ってから切り出した。

「新井君、君は沢本に意図的に接近して情報を聞き出していたね」

「はあ、なんですか、それ」

「沢本が吐いた。とぼけても無駄だぞ」

「それって、まるっきり容疑者の取り調べじゃないですか。ウチはいつから警察になったんですか」

「時間がないんだ。取り調べでもなんでもいい。さっさと話せ」

「話すことなんかありませんし、こんなふうに詰問されるのは不当だと思います。パワハラに当たるんじゃないですか」

「パワハラか。そう思われても構わない。今は俺達全員が崖っぷちに立っている。下手をすれば黄道学園どころか、教育部門が丸ごと吹っ飛ぶ。確か君は言ってたよな、『残りの人生をこのプロジェクトに懸けて今日までやってきたんだ』と。あれは嘘だったとでも言うのか。君は教育に取り組んできた自分自身の仕事を否定するのか」

「その言葉、そっくり課長にお返ししますね」

新井は完全に開き直ったようだった。

「課長はすでにやってますよね、隠蔽を」

「なんのことだ」

「梶原局長の不正行為です」

頭に血が上るというのはまさにこのことだろう。秋吉は懸命に怒りを抑えつつ、

「君はさっきの話を聞いていなかったのか。あれはまだ確定したわけでは——」

「おんなじです、そんなの」

新井の方が先に声を荒らげた。

「仮に疑惑の段階であったとしても、課長は僕達に言わなかった」

「言えると思うかっ。常識的に考えろっ」

「そう言うと思いましたよ。だから沢本さんに聞くしかなかったんだ」

「それで正当化できると思っているのかっ」

前島が鋭く制止の声を差し挟む。

「課長！」

我に返った思いで、秋吉は椅子にもたれ込む。

「お互い頭を冷やそうか。君は沢本君に接近した。情報を聞き出すためだ。いろいろと気になっていたというのはよく分かる。私だって同じだからな。だからこそ私も苦労してあちこち調べ回っていたんだ。しかしその情報を課のみんなに流して扇動したのはどういうわけだ」

「扇動なんて、そんな……」

新井の語尾に弱さが滲んだ。ささくれ立ち、かえって鋭敏になっていた秋吉の知覚がそれを捉える。

「君は会社を潰したいのか」

「そんなわけないでしょう」

「だがそうなりかねないことを君はやったんだ」

「言ってくれ、何があった」

新井が俯く。

「僕には守るべき家庭があるんです」

「それは私だっておんなじだ。他のみんなだって」

「だったら分かるでしょう。今課長が言った通りだ。たとえ会社が潰れなかったとしても、教育部門がなくなったりしたら、僕らはどうなるんですか。他の部署に異動できたとして、会社は今とおんなじ待遇を保証してくれるとでも言うんですか」

「ちょっと待て、もしかして君は——」

そのとき、突然ドアが開いて小太りの男が入ってきた。

「あれっ、ここ使用中だったの？」

「飴屋！」

驚いて立ち上がる。新井も、そして前島も。

「おかしいなあ、押さえといてくれって言ってあったんだけど、あれかなあ、手違いかなんかかなあ」

白々しくもそんなことを呟いていた飴屋は、

「あっ、新井君、こんなとこにいたの」

初めて気づいたような素振りで新井の肩を叩いた。

「有給か何かの申請書類に不備があるから、至急見てほしいって。僕は関係ないのに、捜してきてくれって頼まれてね。いやあ、僕ってひょっとして社内の便利屋みたいに思われてんのかなあ」

そう言いながら秋吉に向き直り、

「悪いね、秋吉課長。そういうわけで新井君は借りていくから……じゃ、行こうか」

新井とともに退室しようとする。

「待て飴屋。新井はウチの課の人間で、大事な話の真っ最中なんだ。それを勝手に連れていこうなんて、一体何を考えてるんだ」

「だからごめん。今言ったようなワケでさ」

「その程度の用なら少しくらい待てるだろう」

「でもねえ、西脇さんが言ってるんだよ。『飴屋クン、頼まれたことは可及的速やかにやるべきだね』って。あの人、神経質な上にいろいろ細かいからさ」

西脇本部長が――

全員が言葉を失う。

おどけた口振りで物真似まで披露しながら、飴屋は上層部の関与を示唆しているのだ。

新井を連れて退室しようとした飴屋が、ふと思いついたように足を止めた。

「あ、そうだ秋吉。それから前島さんも。君達に一つだけ言っとこう。たぶん僕からの最後の忠告だ。教育部門を存続させたいなら、もっと情報の共有化を図るべきだよ。その点において、社長はなんて言うか、前近代的なんじゃないかな。ま、いずれにしても僕の私見だけどね。じゃ」

立ち尽くす秋吉と前島を残し、ドアが閉められる。

秋吉は力を失って座り込んだ。

新井が自分に呼び出されたことを、誰かが飴屋に通報した。それを受けて飴屋が新井の口封じ——そう言って悪ければ〈救出〉——にやってきた。

新井は飴屋の〈情報提供者〉だったのだ。いや、もとからそうであったとは限らない。今回の件で憤懣と不安を募らせていた新井に、飴屋がつけ込んだと考えた方が近いだろう。それは取りも直さず、専務派の意思であるということだ。

そして——飴屋の〈最後の忠告〉。

飴屋は自分達に情報を逐次提供せよと迫っている。また社長は信用できないとも。

梶原局長に関する情報を社長はなぜか開示しようとしない。誰がどう考えても、局長が社長派であるからとしか思えなかった。

そのことに鑑みれば、飴屋の言も一概には否定できない。しかし、だからと言って自派に従えと恫喝(どうかつ)するようなやり方には反感を覚える。

「課長」

前島がこちらに不安そうな視線を向ける。当然だ。自分達は今、最後の選択を迫られたのだ。

専務派に与(くみ)するか、否か。

「どうします、課長」

ややあって、前島が再び力なく言った。

「どうするって、何をだい」

半ば投げやりな気分で応じる。

「いろいろ……全部ですよ」

「全部か、そうだな」

駄目だ。圧倒的な無力感に押し潰されて、どうにも考えがまとまらない。

「取りあえず仕事に戻ろう」

「明日の件はどうします。天ゼミとの面談です」

「もうこうなったら、ありのまま正直に話すしかないだろうな」

「そうですね」

「ああ、それと前島君」

「はい？」

「この先、どうなるかは分からないけど、もしものときが来たら、君は君の思う通りに決断するといい」

「何を言ってるんですか」

呆(あき)れたように前島が返す。

「言われなくてもそのつもりですけど」

そうか——そうだろうな——

全身に無理矢理言うことを聞かせる思いで立ち上がり、前島とともに会議室を出る。

ふと考えた。今まで自分は一体なんの仕事をやっていたのだろうかと。

9

その夜、関東一円を覆った雨雲は都心部を中心に激しい雨となって連日の熱波に焼けた地上を洗った。

翌日の未明に雨はやみ、おかげでいつもよりは心持ち涼しい朝となった。そのせいか、秋吉家では一家揃って寝過ごしてしまい、秋吉は娘と向かい合って慌ただしくトーストとベーコンエッグの朝食をとった。

「いってきまーす」

一足先に食べ終えた春菜が、部活用のスポーツバッグを肩に掛けて元気よく飛び出していく。

それを見送った秋吉は、この上ない安堵を覚えると同時に、何か心にのしかかるような不安を感じた。

「悪い癖よ」

自分の表情を見て取ったのか、妻が先回りするように言う。

これまで悪いことがありすぎて、少しでも良いことがあると、不吉の到来を案じてしまう。妻に指摘された通り、〈悪い癖〉以外の何物でもないのだが、頭では分かっていても心がそうなってしまうのだ。

現に妻自身もそう晴れやかな気分でないことは、流し台に向かうその後ろ姿から察せられた。

何事も気の持ちようだと自らに言い聞かせ、秋吉は出勤の途についた。

雨上がりの朝らしく、空はどこまでも高く澄んでいたが、気分はやはり重く沈んだ。今日は天能ゼミナールとの会談があるというのに、準備らしい準備もできなかった。出たとこ勝負で臨むつもりであったが、いざ当日となると、気が重いどころではない。それでなくても最大限に気を遣わねばならない相手なのだ。

磯川のいかにも切れ者らしい横顔を思い浮かべる。その上司の島頭部長となると、どれほど手強いか想像もつかなかった。

ため息をつきつつも、地下鉄に揺られながらいつもの習慣でスマホを取り出し、ニュースサイトのヘッドラインを眺める。

トップに表示された文言を目にした瞬間、公共の車内であることを忘れて叫び声を上げそうになった。

［文科省　特区戦略校認可に便宜供与か］

息を呑んで全文に目を通す。

そこで報じられていた内容は、文部科学省塩田康夫審議官に関する贈収賄疑惑であった。

読み進むにつれ、視界がどんどん暗く狭まってくるような息苦しさを覚える。癒着が疑われる贈賄側は滋賀県の学校法人で、黄道学園のことではなかった。しかし塩田審議官こそ、黄道学園認可の際に大きく関わっていた人物であった。現に秋吉自身も、霞が関の文科省に足を運んだ際、塩田に直接挨拶している。また梶原からは、長年の付き合いであるとも聞かされていた。

足許が大きく揺れていた。それは車体が揺れているせいか。それとも己が揺れているのか。

千日出版に関係のない事案とは言え、ここまで詳細に報じられているということは、相当程度の確証があるからだろう。今朝は寝過ごしたため新聞に目を通すどころか、テレビのスイッチを入れることさえしなかったのが悔やまれた。

倒れないように吊革を握り締め、急いで他の新聞社系ニュースサイトを閲覧する。どこも大きく報じていたが、黄道学園について触れた記事は見当たらなかった。

とはいうものの安心できるものではまったくない。むしろ、記事を読んだ限りでは塩田審議官にはまだまだ疑惑がありそうだった。

その中に黄道学園が含まれていないと言い切れるだろうか――

九段下に着いた。途中のコンビニで新聞各紙を買い込み、会社へと急ぐ。

一階エントランスの空気にそれほどの変化はなかったが、六階はもう大騒ぎだった。

教育事業推進部のフロアに入ると、すぐに飛んできた前島が挨拶も抜きに報告する。

「課長、たった今、天ゼミから連絡があって、今日の予定はキャンセルしたいと」

「そうか」

呻くように答え、自席へと向かう。

事態は否応なく急変した。天能ゼミナールとしては、しばらく静観の構えを取りたいということだろう。判断を下したのはおそらく磯川レベルではない。少なくとも部長級以上だ。慎重にして賢明。天ゼミサイドは事態をそれだけ重く受け止めているという意思表示でもある。

課の全員が自分を注視している。部長はまだ出社していないようだ。あるいは、六階には立ち寄らずに最上階へと直行したのかもしれない。

「みんな、聞いてくれ」

秋吉は立ち上がって声を張り上げた。

「この様子では、みんな今朝のニュースに接したことと思う。塩田審議官のニュースだ。読めば分かる通り、ウチに関する記載はない。つまり、現在のところウチが不正行為に関与した証拠はないということだ」

「ですが、それは単にまだ見つかってないだけかもしれないじゃないですか」

橋口だった。

「その可能性もある。だからと言って、我々がどうにかできることじゃない」

「できることもあるんじゃないですか」

「言いたいことは分かるよ。君は梶原局長のことを言っているんだろう？」

動揺を示しながらも橋口が頷く。

「ええ、はい……そうです」

「それに関しては、私も限界だと思う。こうなった以上、局長に説明して頂かねば社内はもう収まらない。ついてはこれから〈上〉に行って直接話してくるつもりだ」

室内が瞬時に静まり返った。

そんな目で俺を見るな——俺は殉教者でもなんでもない——

「いいか、何かはっきりしたことが分かるまで我々の仕事に変わりはない。みんなそのつもりで各自の仕事に取り組んでもらいたい」

そう言い残し、フロアを出る。

エレベーターホールに向かっているとき、スマホが振動した。

宇江からだった。

〈もう知ってるよな、あのニュース〉

「これから常務に会いに行くつもりです。小此木部長もたぶんそっちにいると思うんで」

〈その前にこっちへ寄ってくれ。ちょっと話しておきたいことがある。北森もいるが、他には誰もいないから心配するな〉

「分かりました」

スマホを切り、エレベーターに乗り込んで四階のボタンを押す。

正直に言って、少々ほっとした気分であった。役員と話す前に宇江と相談できるのは心強い。

さながらトーチカの如く積み上げられた資料に囲まれた文芸編集第四部の一角に踏み入ると、周辺の主である宇江が振り返った。

「宇江さん……?」

その顔色を見ただけで、秋吉は異変を察知した。

宇江が顎で秋吉の背後を指し示す。同時に快活な声が響いた。

「やあ、おはよう」

驚いて振り返る。壁際に置かれたアンティークな椅子に座っていたのは、飴屋であった。

凝然と目を見開く秋吉に、飴屋は間の悪そうな、それでいて愛嬌に満ちた口調で言う。

「いやあ、昨日えらそうなこと言ったばかりなのに、またまた申しわけない。なんせ夜になってから事態が急変したものでさ」

飴屋を見つめる秋吉の背後から、宇江が済まなそうに言う。

「騙すつもりはなかったんだ。信じてくれ。おまえに電話した直後に飴屋が勝手に入ってきた。北森の奴、裏切りやがったんだ」

改めて周囲を見回す。確かに北森の姿はない。

「そりゃ北森君がかわいそうだよ。彼だって将来ある身なんだからさ。裏切りとかじゃなくて、せめて日和ったって言ってあげてよ」

フォローなのかジョークなのか分からないようなことを、飴屋が大真面目に口にする。

「北森君も気まずいだろうから、君が来る直前に帰したよ。途中で出くわしたりしないかこっちもヒヤヒヤしたけどね」

裏切った？　北森が？

何が起こっているのかまったく分からない。

こちらの表情を読んだのか、飴屋が淡々と話し出す。

「昨夜、北森君は塩田審議官のニュースをつかんだのさ。君もよく知っての通り、塩田さんは育草舎時代から梶原さんとつながってる。このまま捜査が進めば梶原さんの名前が出てくる可能性は否定できない。事ここに至ればもう会社全体、いや社会問題だ。大局的に考えた結果、北森君は僕に相談してくれたというわけだ」

「日本語ではそれを裏切りって言うんじゃないのかね」

飴屋に憎まれ口を叩いた宇江は、次いで秋吉に向かい、

「つまり北森は、俺達とつるんでるより、早めに旗色を鮮明にしといた方が得策だと考えたってわけさ」

分からないでもない。北森でなくても、局長を不自然にかばい続ける社長派に明日はないと考えるだろう。また、専務派に睨(にら)まれたままこれ以上動き回るのは危険であるとも。

「だがな秋吉、各社あれだけウチについて調べてたのに、紙面のどこにも書かれていない。つまり、疑惑と言えるほどの確証はなかったと考えていい。確かに塩田はあっちこっちからカネをもらってたらしいが、梶原さんは関係してないってことも充分にあり得る。むしろ俺は、そっちの可能性の方が高いんじゃないかって感触を得てる。

そのことを伝えたくて電話したんだが……」

秋吉が答える前に飴屋が口を挟む。

「宇江さんの勘は僕も信頼してますよ。なんたってウチのノンフィクション部門のエースですもんね。だけど、会社としてはそうも言ってられないんですよ。全社員の命運が懸かってるわけだから。そう考えたからこそ、北森君も昨夜のうちに僕に連絡をくれたんだ。おかげで僕まで徹夜の会議に駆り出される羽目になったんだけどね」

言われてみると、飴屋の両眼は徹夜明けらしく腫れぼったく充血していた。

「それはご苦労だったな、飴屋」

自分でも、意外なまでに冷静な声が出た。

「状況が変わったということはよく理解している。飴屋、おまえは今まで、会社に不都合なことを表に出さない、つまり隠蔽の方針で動いてたな？　そうなんだろ？」

飴屋は何も答えない。

「なのに俺達が危なっかしい動きをしてるんで、おまえは俺達を監視せざるを得なかった。下手に情報が漏れないようにな。それだけじゃない。もし可能ならば、社長派の追い落としに利用できないか。そう考えていたはずだ。だがこうなったら社長派も専務派もない。つまり飴屋、おまえと俺は、敵でもなんでもないというわけだ」

「どちらも同じ社員ということかな」

「そうだ」

秋吉は出口に向かおうとして、足を止めた。

「俺はこれから常務のところへ行く。おまえも一緒に行くか、飴屋。目的は一致しているはずだ」

「うん、そうだな」

腰を浮かしかけた飴屋は、何を思ったか、再び座り込んだ。

「やめとこう。どんなとばっちりが来るか知れたもんじゃない。安全第一が僕の信条だ」

「そうか。ならいい」

次に宇江に向かい、

「宇江さんは引き続き情報を集めて下さい。まだ終わったわけじゃない。何が出てくるか分かりませんから」

「ああ、任せとけ。事がこれだけオープンになった以上、こっちも正面から取材できるってもんだ」

「お願いします。それでは」

堂々と退室した――つもりであったが、両足はやはり震えていた。

エレベーターホールに戻り、上昇用のボタンを押す。

しかし頭の中では、さまざまな疑念がこれまでと少しも変わることなく渦を巻いていた。

塩田審議官と梶原局長との関係は本当に公正なものだったのか。

不正はなかったと言い切れるのなら、社長はどうして局長を出社させようとしないのか。

曲がりなりにも教育事業を進めようとしている者として、今朝の報道にどう対応していけばいいのか。

もしその対応が誤っていた場合、自分達にはもう教育に携わる資格はないのではないか。

単なる中間管理職でしかない自分には、見当もつかないことばかりである。頭から溶けて煮えたぎった鉛を被ったように全身がこの上なく重く感じられた。

一基のエレベーターが上がってきた。秋吉はその扉の前に移動して待つ。

ドアが開いた途端、中に乗っていた人物を見て全身が硬直した。

「局長……」

驚愕に声がかすれる。

「秋吉君じゃないか」

梶原はどこか懐かしそうに言った。

その隣にいた倉田常務が無言で操作パネルに手を伸ばす。〈開〉のボタンを押すためだ。

「このたびは個人的なことで迷惑をかけて申しわけない」

堂々たる体格の梶原が頭を下げて詫びる。短期間の間に、頭髪にも、口と顎とを包む髭にも、ずいぶんと白いものが増えていた。

「いえ。そんな……」

咄嗟にどう答えていいか分からない。言いたいこと、訊きたいことはあれほどあったはずなのに。

「ちょうどいい。秋吉君、一時から役員会議がある。君も出席するように」

急かすような早口で倉田が言った。エレベーターを止めたままなのだから当然だ。

「あっ、申しわけありません、承知致しました」

一歩下がるようにして深々と低頭する。

扉の閉じる音がした。しかし秋吉は、しばらく頭を上げることができなかった。

不意を衝かれたせいもある。

まさかここで局長と出くわそうとは――しかも会いに行くつもりであった常務と一緒に――

六階に戻ると、朝来たとき以上の大騒ぎとなっていた。〈局長出社す〉の報は、すでに全社を駆け巡っているらしい。

「あっ、課長っ」

自分を見つけた部下達が一斉に駆け寄ってくる。

「聞きましたか、局長が出社されたって」「本当なんですか」「今どちらにいらっしゃるかご存じですか」

早速質問攻めに遭った。

「本当だ。ついさっきエレベーターホールで会った。たぶん常務や他の役員も交えて社長と話しているところじゃないかな」

そう答えると、彼らは一様に興奮したような呻きを漏らした。

「局長はなんと？」

誰かが声高に訊いてきた。

「偶然会っただけだ。ご挨拶しかできなかった」

周囲から落胆の声が聞こえてくる。

「しかし一緒にいた倉田常務から、午後の役員会議に出席するよう言われた」

「すると局長はそこで何か、お話とか説明とかなさるわけですね？」

「たぶんな。どう考えてもそのための役員会議だろう」

喧噪の輪が大きく広がる。

梶原局長が突然に姿を現わしたのだ。その人が一体何を語るのか。千日出版の社員で気にならない者はいないと言っていいだろう。

「みんな、静かにしてくれ」

秋吉は懸命に一同を静める。

「私も参加を命じられてるんだ。そこで局長が何をお話しになるか、責任を持って伺ってくるから、それまでみんなは落ち着いて仕事に専念してくれ」

さっきと似たようなことを言うしかなかった。騒ぎは一向に収まらない。こんなときに落ち着いて仕事できるものではないと自分でも分かっているから、無力感も甚だしい。

なんとか自席に戻って新聞を広げる。

しかし文章がまるで頭に入ってこない。午後一時まではまだ時間がある。頭の中と気持ちを整理しようにも、こんな状態ではどうにもならない。

部下に落ち着けと言っておきながらこのざまはなんだ――

十二時五十分に特別会議室に入った。

前回と同じく、役員がほぼ全員揃っていた。飴屋が何食わぬ顔で座っているところも同じだ。

違っているのは、梶原局長がいるというその一点だ。

俯(うつむ)いて神妙に控えているが、局長の引き締まった体躯(たいく)からは以前と変わらぬ精気が感じられた。だがそれは秋吉の知る快活なものでは決してなく、どこか鬱屈(うっくつ)に近い情念を伴っているように感じられたのはこちらの先入観ゆえであろうか。

他の役員達のある者はあえて梶原から目を逸(そ)らし、またある者は挑発的な視線を投げかけている。それらのことごとくを、梶原の沈黙が障壁のように遮断していた。

一時になった。

晴田社長が役員会議の開始を宣言する。

「異例ではありますが、緊急の案件でもありますので、虚礼は抜きにしてすぐさま議題に入らせて頂きます。ご家庭の事情でこれまで休職しておりました梶原君がこのたび復帰の運びとなりました」

俯いたまま、梶原が低く一礼する。

「本日、新聞テレビ等で報道されております、戦略特区における学校許認可を巡る文科省、塩田審議官の不祥事につきましては皆様すでにご承知のことと存じます。梶原君には、まず、その件についての説明を行なって頂きます。では梶原局長、お願いします」

社長の合図を待って立ち上がった梶原が、一同に向かって深々と低頭する。

「このたびは私事で皆様と全社員にご迷惑をおかけしたことを、心よりお詫び申し上げます」

顔を上げた梶原の面上には、それまでとは打って変わった強烈な意志が浮かんでいた。

「さて、社長のお話にもございました、文科省の件につきまして。私は確かに育草舎時代より塩田審議官とはお付き合いがありました。しかし、それは決して法に触れるようなものではございません。あくまで公明正大な仕事上の関係であったと、ここにはっきりと申し上げます。黄道学園の許認可に関しまして、塩田さんの判断が働いたことは間違いありませんが、これにつきましても、私が本プロジェクトの意義を丁寧にご説明し、正当な判断を頂いた結果であります。そのプロセスは、そこにおられる秋吉課長がつぶさに承知しております」

全員の視線が、一瞬、己に向けられるのを秋吉は感じた。

だがそれは、どこまでも一瞬でしかない。場を圧倒的に支配しているのは局長だ。

「私と塩田さんとの関係から、マスコミのあらぬ疑いを招いている現状は承知しております。しかしここで私が退くことは、かえってマスコミの疑いを深めることにもなりかねません。よんどころない事情により、本日まで休養を余儀なくされましたが、今後は積極的に前面に出て、パートナー企業の誤解を解くことに努めますと同時に、黄道学園プロジェクトの意義を広く社会に訴えていく所存であります」

どこまでも強気で言い切った。

立花専務も倉田常務も、すぐには言葉を発せずにいる。もちろん秋吉も。

「皆様には重ねてお詫び申し上げますとともに、黄道学園プロジェクト推進に当たって一層のご支援をお願い致します」

最後にもう一度頭を下げ、梶原は着席した。

社長がすかさず一同を制するように声を上げる。

「梶原局長のお身内のご不幸は皆さんもご承知の通りです。私としてはそんな状況で梶原君を批判の矢面に立たせるに忍びなかった。しかし、昨夜本人から連絡があり、すでに立ち直ったから一刻も早く復職したいとの希望を打ち明けられた。梶原君としては、今ここで自分が出て行かねば黄道学園、ひいては千日出版の今後に重大な禍根を残しかねないと懸念しての判断であると思う」

秋吉は社長の説明にごく微妙な違和感を抱いた。

文科省のスキャンダルが一般に報道されたのは今朝だ。しかし局長から社長に電話があったのは昨夜だという。

局長は塩田審議官と親密な関係にあったわけだから、その周辺からいち早く情報が入ったとしてもおかしくはない。また、社長が連絡を受けたのは今朝の未明であった可能性もある。

いや、待て――

飴屋はさっき「徹夜の会議」に参加したと言っていた。それは専務派の会議であったはずだ。社長派への対抗意識は残しつつも、会社全体の危機に対し、社長派への協力で妥結したのではないか。

一方の社長側は、専務派の会議の結論など知る由もない。ただ彼らの動きを察知して先手を打ってきたのではないか。

「私は梶原君の強い意志を尊重し、我が社の一大事業たる黄道学園プロジェクトの陣頭指揮を引き続き執ってもらうよう要請した次第です」

異論を唱える者は誰もいない。立花も西脇も、難しい顔で黙っている。

やはり彼らは、ここで会社そのものが決定的なダメージを受けては元も子もないと考えているのだ。文科省と民間企業の癒着問題はそれだけのリスクを孕んでいる。

重大な社会問題としてマスコミに報じられたことが、社内の奇跡的な融合を促した。奇貨と言うべきか、それとも単なる皮肉と言うべきか。

「早速ですが梶原局長、黄道学園に関する今後の方針について説明をお願いしたい」

流れるが如き手際で以て、社長が議事を進行させる。

「承知致しました」

それに応じて梶原が再度立ち上がる。

「拙速の感は免れませんが、私の方で簡単なレジュメを作成致しました。ご覧下さい」

社長秘書の今居と常務秘書の上山がコピー用紙を綴(と)じた薄い冊子を配り始める。

末席の秋吉も受け取った。

表紙には『黄道学園 開校に向けての社内体制再構築』とのみ記されている。

秋吉がページを繰ろうとしたまさにそのとき、梶原が一際大きな声で発した。

「私の至らなさから、本プロジェクトの進行に大きな遅れを生じさせてしまいました。まずは進捗の遅れを挽回(ばんかい)することが先決であると考え、人事の効率化を視野に入れた大幅な配置転換を実行する決断に至りました。これまで現場での実務、及び折衝は教育事業推進部第一課の秋吉課長が担当しておりましたが、多岐にわたる業務の煩雑さと、今後必要とされるであろう決定権限の重要性等を考慮し、プロダクトマーケティング本部の大岡(おおおか)次長にお願いしたいと存じます」

衝撃などという生やさしいものではなかった。

自分の知覚が白熱し、断線するような感覚だった。

「謹(つつし)んでお受けします」

大岡が立ち上がって三方に頭を下げる。

驚いた様子が感じられないのは、あらかじめ教えられていたからだ。

プロダクトマーケティング本部は、本部長の小関以下、ほとんどが専務派で占められていると言っても過言ではない。大岡も例外ではなかった。その大岡を抜擢したということは、専務派に対する懐柔策以外の何物でもない。

社長マターであったはずの黄道学園プロジェクトが、社内情勢の変化によって劇的な転換を遂げようとしている。そして社長がそれを容認した――

「なお秋吉課長には、推進部第一課が並行して担当していたコミック学参シリーズに専念して頂きます」

放心のあまり遠い残響のように聞き流しそうになった梶原の声に、秋吉は慌てて立ち上がった。

「待って下さいっ」

全員がこちらを見る。

「私は、第一課は、これまで全力を挙げて黄道学園の実現に――」

「君は梶原局長の話を聞いていなかったのか」

西脇本部長が冷徹に告げる。

「黄道学園実現のために必要な人事だとおっしゃっていただろう。今後の業務ははっきり言って君の手に余るんだ」

「納得できませんっ」

秋吉は飴屋を見る。西脇ではなく、その隣に座す飴屋を。

彼はただ彫像のような無表情を保っている。やたらと顔の大きい小太りの彫像だ。

飴屋は自分達の行動を監視していた。警告さえしていた。

しかし自分は、幹夫の死や梶原局長の過去について探り続けた。それが最善の道であると考えたからだ。その行為自体が社内事情をことさらに内外へ広めてしまう結果につながるのではないかと、上層部は危惧したのかもしれない。そもそも会社の意に反して独自の行動を取る者など、組織には不要であると判断されても仕方がないと言える。

あるいは、幹夫の死にはやはり触れてはならない秘密があったのか。

いずれにしても、飴屋の上司である西脇は、自分を〈危険分子〉と認定して立花に報告したのだ。その結果、梶原も自分を切らざるを得なくなった——

飴屋の忠告が一つ一つ思い出される。それを無視し続けた結果がこれだ。完全な孤立だ。

「君の気持ちも分かるよ、秋吉君」

社長であった。

「君と第一課がこれまで頑張ってくれたことは社内のみんなが知っているからね。しかし、コミック学参シリーズも大事な仕事だ。営業部だって将来性のある有望な企画だと評価している。これからはそちらで大いに腕を振るってもらいたい。そのためにも、黄道学園と並行してやるのは難しいという判断なんだ。分かってくれるね？」

何も言わず着席するのが精一杯だった。

梶原もやはり彫像のような顔を見せて黙っている。ただしこちらは、深い陰影に沈むギリシャ悲劇の像だった。

自分は今日まで、この人の背中を目指して走り続けてきた。この人の指示に忠実であろうとした。なのに、こうも簡単に切り捨てられるのか。局長は本心から自分の排除に賛同しているのか。

そんな想いが後から後から湧いてくる。

だがいくら見つめても、像と化した梶原の横顔は何も語りかけてはくれなかった。

その日は退社時間を待たず会社を出た。

もちろんその前に、口外禁止の念を押した上で第一課の部下達には役員会議の内容を伝えている。

全員が憤慨しているようでもあり、また予期していたかの如くに従容と受け入れているようでもあった。

新井はその場にはいなかった。飴屋からいない方がいいと言われていたのだろう。沢本は自らを責めているようだった。その小心さと真面目さとが、彼の長所なのだろうと思った。

そして前島は、ただぼんやりと笑っていた。

会社を出た秋吉は、神保町(じんぼうちょう)の小さな店で久々に酒を飲んだ。学生時代にはゼミの仲間とよく通った店だった。

あの頃の仲間はみなどこに行ってしまったのだろう。

教師になった者もいる。学者になった者もいる。ライターになった者もいる。鬱病になった者も。死んだ者も。

共通しているのは、秋吉が仕事に夢中になっている間に、誰とも連絡が取れなくなったということだ。

俺が悪いのか。俺は自分の仕事にただ誇りを持って——

ふと思った。

役員会議の結果について話していたときの前島の顔。

あれは笑ってなどいなかったのではないか。組織に対する個人の無力を思い知り、うちのめされ、挙句に醒(さ)めてしらけていただけなのではないかと。

帰宅したのは午後十時をかなり過ぎた頃だった。

いくら飲んでも酔えなかった。酔うまで無理して飲んでいたらこんな時間になってしまった。

「どうしたの」

普段と違う自分の様子に、玄関で妻が訊いてきた。

「春菜は」

「もう寝たわ。部活で疲れたとか言って。ねえ、どうしたの、何があったの」

「なんでもない。ただ仕事を外されただけだ」

一瞬、妻は息を呑んだようだった。

「ニュース、見たわ。文科省の不正認可」

努めて取り乱すまいとしているのか、声から微かに動揺と不安とが感じ取れる。

「もしかして、あれが関係してるの」

「してると言えばしてるな……水をくれないか。できればコーヒーも」

「ちょっと待って」

ダイニングテーブルに着き、出されたコップの水を一息に飲み干す。次いでコーヒーを淹れている妻に向かって今日一日の出来事を話す。

妻には極力、最低限の言葉で伝えるつもりだった。そのための言葉も用意していた。

しかし、話し出したら止まらなくなった。後から後から憤懣が込み上げてきて、執拗に語り続けた。

「俺は本当に黄道学園をやりたかった……毎日ひたすら働いた……それだけなんだ……なのに、この仕打ちは一体なんだ……何が人事の効率化だ……なぜ俺が外されなくちゃならないんだ……」

飲み過ぎたせいかもしれない。これまで溜め込まれていた一切合切が、たがが外れたようにあふれ出た。

妻はもちろん驚いていたが、時折相槌を打ったりしながら聞いてくれている。

「一時は黄道学園がなくなるかもって言われてたんだ……でも、梶原さんは会社に来ないし、ご自宅にも行くなって……だから俺は、なんとか幹夫君の自殺の理由を調べようと……」

「──あなたっ！」

突然、妻が悲鳴のような声を上げた。

だが遅かった。

妻の視線の先を振り返る。そこにパジャマ姿の春菜が立っていた。

一瞬で体内の酒が氷よりも冷たい水へと変わった。

「幹夫君、自殺したの……？」

「目が覚めちゃったのね、うるさかった？　明日も早いからもう一度ベッドへ――」

　ダイニングキッチンから連れ出そうとする妻の手を振り払い、蒼白になった春菜が詰め寄ってくる。

「ねえ、ほんとなの、ほんとに幹夫君が自殺したの？」

　春菜はすでに泣いていた。大粒の涙が後から後から滴り落ちる。

「答えて！」

　秋吉は答えることができなかった。

　ただ娘を見つめることしかできなかった。

　それで、すべてを察したのだろう。

　春菜はその場に崩れ落ちた。

　駆け寄って抱き起こす。

「春菜、しっかりしろ春菜っ」

「春菜、春菜っ」

　妻と二人、いくら呼びかけても壊れた人形のようにくたりとなって目を開けない。

　完全に意識を失っていた。

「車を呼べっ。すぐに病院へっ」

　娘を抱えて秋吉は叫んだ。

10

夜間緊急外来のある最も近い病院に春菜を搬送し、当直医に診察してもらう。秋吉は若い当直医に春菜の〈病歴〉について説明した。

それを聞いた医師は、貧血等を除き身体的な異常は認められないため、やはり心因性のものだろうと言った。その夜は念のため各種検査のほか、意識の戻らぬ春菜に点滴が施され、翌朝誠応病院に移送された。

頼みの青木医師は、その日は休診で別の医師が診てくれた。秋吉夫妻とは顔馴染みの医師である。正式な診断は担当医である青木医師の判断を待たねばならないが、当分入院する必要があるだろうという話であった。

春菜は依然意識不明のままだった。それだけ幹夫の死がショックであったのだ。

無理もない。かつていじめに遭い、登校拒否に陥ったとき、大人とは違う優しさ、温かさで励ましてくれたのが幹夫であった。幹夫と沙織の兄妹を、春菜はどれだけ慕っていたことか。

その幹夫が自殺したと突然知ってしまった春菜の心が、音を立てて折れたとしてもおかしくはない。それはきっと、絶望的で、致命的な音であったはずだ。春菜の心と体の隅々にまで、高く虚ろに響き渡ったに違いない。

一度折った骨はどうしても強度に欠け、再び折れやすくなるという。人間の心は骨と違い折れるたびに強くなるなど、無責任且つ空疎なスローガンでしかない。

ベッドに横たわる春菜を見つめ、秋吉はどこまでも己を責めた。いくら責めても責めたりない。迂闊であった。酔っていたとは言え、自宅のダイニングキッチンでくどくどと見苦しく愚痴を吐き続け、あまつさえ幹夫のことに触れてしまうとは。そしてそれを春菜に聞かれてしまうとは。

すべて俺のせいだ――

喜美子は入院に必要な品々を取りに自宅へと戻った。

今は秋吉が一人で付き添っている。会社にはすでに欠勤の連絡を入れた。

やけに明るい病室で、春菜は昏々と眠り続ける。

窓辺から入る日差しはこんなにも目映いのに、春菜は明るい世界へと飛び出していくこともなく、ただ目を閉じて眠りの底に沈んでいる。

かけがえのないこの娘が、再び目を開けて起き上がってくれるのか。もしやこのまま二度と目覚めることがないのではないか。

混乱のあまり、不吉な想像だけが際限もなく湧き起こる。秋吉は膝の上に置いた拳を握り締めた。

そんなことがあるわけない。春菜はきっと目を覚まし、照れたように笑いかけてくれるはずだ。「お父さん、あたし、また寝過ごしちゃった」とぼやきながら。そして続けてこう言うのだ、「お父さんも早く会社に行って。早く黄道学園を作って。いじめとか、そういうのがない学校を」と。

そうだ、春菜は確かこう言っていた――「あたしだって入りたいと思ってるんだから、お父さんの作る学校」。

ベッドの傍らに置かれた椅子に座ったまま、秋吉は目を閉じて考える。

黄道学園プロジェクトを起ち上げるに当たって、参考例とした先行のフリースクールなどはいくつもある。

それらの学校は、いずれも先進的で人間的な目標を掲げていた。

居場所のない子供達に、心から安心できる居場所を提供する。

何も押しつけることなく、ありのままの子供達を受け入れ、彼らのやりたいことを応援する。ときには彼らがやりたいことを探すための手助けをする。

子供の自己決定権を最大限に尊重する。子供の場は子供自身が作るものだからだ。

それにより、何より大切な自立心を涵養する。

また、多様性を広く認める。子供達がお互いの違いを認識することは、彼らが生きやすく、自分の個性を発揮しやすい場の創出につながっていく。

どれをとっても素晴らしい発想で、大いに成果を上げていた。秋吉も目を見張らされたものである。

自分もこんな学校を作れたら——そう強く願ったものである。

しかし、一般の認識は想像以上に頑迷で保守的だ。固陋で排他的であるとさえ言っていい。それを指摘できるのは、曲がりなりにも秋吉自身が不登校に陥った子の親であり、教育の現場と関わり合ってきたからだ。そうでなければ、「現状の学校のどこが悪いのか、何が問題とされているのか」ということすら理解できなかっただろう。

不登校児を抱える保護者達であってもまず危惧するのは、「勉強や進学率においては一般校に劣るのではないか」ということだ。

問題を理解していても、学歴社会への盲信はそこまで浸透しているのだ。子供の社会復帰や伸び伸びとした成長を願いながらも、どうしてもそんなことを考えてしまう。

現実に社会的格差は広がる一方であるから、その不安は当然であるとも言える。

「子供の個性を伸ばすと言っても、将来生活できるような才能があるかどうか分からないじゃないか」というわけだ。

だからフリースクールの長所、特色を理解しながら、二の足を踏んでしまう保護者は少なくない。

彼らの「普通」「真っ当」「他の子供と同じに」という概念や希望を変えさせるのは容易ではない。先人達は皆その克服に途轍もない苦労を余儀なくされてきた。そこで考案されたのが天能ゼミナールとの共同プロジェクトだ。従来のフリースクールではなく、正式に認可された学校。そしてそれを可能とするのが、ジュピタックの技術力なのだ。

発案者はほかならぬ梶原局長その人だ。秋吉はまさに目から鱗が落ちていく感覚を味わった。

強い指導力を発揮して、新事業に挑んでいく。その姿のなんと頼もしかったことか。何があってもこの人についていこう。そう心に誓ったものである。

局長の構想は、一般校からの転校に踏み切れずにいる保護者達の背中を必ずや押してくれるものとなる。

ひたすら関係各社の調整に費やした今日までの仕事を想う。春菜へのいじめと不登校に苦しんだ日々を想う。

自分には先人達のような信念も能力もない。そんな自分が今日までやってこられたのは、自分が春菜の父親であったからだ。子供と苦しみをともにしてきた親であったからだ。そうでなければ、もっと早い段階で投げ出していただろう。

秋吉は目を開けて娘を見た。

寝息さえ立てず、静かに眠っている。

春菜が目覚めたとき、世界を少しでも希望のある場所にしておく――それこそが親の務めではないか。

最初から分かりきったことだった。なのに自分はそれを怠った。会社での地位が派閥がと、そんなものに気を取られて。

既成の概念を打ち破る。その覚悟がなければ、たとえ黄道学園を開校できたとしても、子供達の心は開けない。

もっと早くやるべきだったんだ――

「あなた」

背後で妻の声がした。家から戻ってきたのだ。

「春菜はどう？」

「まだ眠っている」

立ち上がって喜美子を振り返る。

「出かけてくる。後は頼むよ」

「どこへ行くの、こんなときに」

不安そうな妻に、努めて明るく言い残す。

「春菜の世界を作りに行くんだ」

「いや、それは言い過ぎだったかな」

自分の首を傾げてから言い直す。

「春菜の世界に続く道の基礎工事だ」

「え？」


さて、どこからどうやって手を付けるか――

病院を出て足を止め、眼前の車道を行き交う車の波を眺めながら考える。

とりあえず切ってあったスマホの電源を入れる。着信が数件、メールが数件。出入りする人や車の邪魔にならないよう植え込みの脇に寄ってメールを確認していたとき、電話の着信があった。画面には意外な名前が表示されている。

新創書店の緒形であった。

なんだろう、今頃――

不審に思いつつも応答する。

「はい、秋吉です」

〈どうも、新創の緒形です〉

「先日はどうもお世話になりまして」

〈いやいや、とんでもない、それよりそっちは大変なんじゃないですか、今。テレビ

でも新聞でも大きくやってますから、文科省のアレ〉

緒形は業界歴も長いベテランである。塩田審議官と梶原局長との関係についてなんらかの噂を耳にしていたとしても不思議ではないどころか、むしろ知らない方が不自然だろう。

「いやあ、ウチでも大騒ぎですよ。大変と言えば大変で私も今、外なんですけど、ご用件を伺うくらいは大丈夫です」

少々あからさまに用件を促した。

ずっと休職していた梶原局長が復帰した――本人はあくまで文科省との不適切な関係はなかったと主張している――だが自分はプロジェクトから外された――自分の不用意な一言から娘が意識不明になって、今病院を出たところだ――

他社の編集者である緒形に現段階ですべて打ち明けるわけにはいかない。もしかしたら特に問題はないのかもしれなかったが、自分の心にそれらを説明する余裕がなかった。

〈あ、すみませんね。この前拙宅にいらっしゃったとき、町内会長に訊いてみるって言ったじゃないですか〉

緒形はすぐに察して本題を切り出した。

しかし、こちらの方が咄嗟に思い出せなかった。

「あの、町内会長と申しますと？」

〈ほら、斉藤さんが住んでた例のマンションの所有者と知り合いだっていう〉

「ああ……」

ようやく思い出した。

〈山尾（やまお）っていう爺（じい）さんで、すぐに訊こうとしたんだけど、山尾さん、親戚とハワイに行ったとかで、おとといまで連絡取れなかったんですよ。それで昨日久々に会って話したら、オーナー兼管理人と知り合いだったのは確かだけど、その人、去年亡くなったんだって。なので結局、斉藤さんの転居先は分からずじまいで……今頃になっちゃってほんとすいません〉

「そうでしたか、いえ、別にこちらのことはお気遣いなく、わざわざありがとうございました」

今となってはことさら気にかかる案件でもない。秋吉は失礼にならないよう丁寧に礼を述べて電話を切ろうとしたが、緒形は慌てて話を続けた。

〈それでね、私の方はお役に立てなくて申しわけない限りなんだけど、覚えてます？息子の敦史、あいつがあなたと話したいことがあるって〉

「敦史君が？」

秋吉は緒形家で会った、中学生らしくふて腐れたような少年を思い出した。

〈ええ、なんだか知らないけど、あいつが早く電話しろ、電話しろって……〉

そう話す緒形の声に被って、〈オヤジ、早く代わってくれよ〉と急かす少年の声が伝わってきた。

〈分かった、分かったからちょっと待て……じゃあ秋吉さん、ちょっと息子に代わりますから〉

「あ、はい」

〈秋吉さん、オレです、緒形敦史です〉

敦史の声が勢いよく耳に飛び込んできた。

「秋吉です。暑いのに元気そうだね、敦史君」

〈あの、オレ、あれからちょっと調べてみたんです〉

「調べてみたって、何を」

〈サトサト——斉藤の行方です。梶原幹夫と仲のよかった斉藤悟〉

思いもかけぬことを話し始めた。

〈あのとき、ほら、秋吉さん達がうちに来たときです、オレ、横で聞いてて、昔のこと、昭和マンションとか、子供ひろばでよく遊んだなとか、そんなことをいろいろ思い出して、なんだかたまらなくなってきて……それで、どうしても斉藤に会いたくなって……だって、あいつら、あんなに仲よかったのに、幹夫が死んだこと、サトサト

が知らないままってのが、どうも気にくわないっていうか……〉

気負いながらもつかえつかえ話す少年の言葉は、かなり聞き取りにくいものであったが、それだけにひたむきな熱意が伝わってきた。

〈オヤジや秋吉さん達が捜しても見つけられなかった人間をどうやって見つければいいのか、オレなりに考えてみたんです。それで思いついたのが将棋です。あいつのオヤジさんが大好きで、あいつもよくやってましたから。もしあいつが今も将棋をやってるんなら、プロでも奨励会でもアマチュアでも、捜しようはあるんじゃないかと〉

「確かに君の言う通りだ。でも、具体的にどうやって捜すと言うんだい」

今は秋吉の方が勢い込んで尋ねていた。

〈今はLINEとかフェイスブックとかいろいろありますから。そういうのを片っ端から当たってみたんです。あ、プロや奨励会なら将棋連盟のサイト見たら分かりますから、最初に見ました。斉藤は載ってなかったんで、やってるとしたらアマか完全な趣味です。将棋のサークルを検索したり、主催者にメールして『斉藤悟って中学生を知りませんか』って訊いてみたり……最初は空振りばっかりでしたけど、『別の将棋仲間を教えてほしい』って頼んで、そんなことを繰り返してたら、見つかったんです〉

「本当かい」

〈はいっ。間違いないです、サトサトです。LINEのオープンチャットにいたんで

す。将棋好きのグループ。すぐに連絡して、電話でも話しました〉

「悟君は今どこにいるんだい」

〈千葉にいるそうです。幹夫のことを話したら、あいつもショックを受けたみたいで〉

「そうか……」

〈夏休みなんで、あいつ、今日東京に来るって言ってます〉

「えっ、今日?」

〈はい。二時に新宿駅で待ち合わせしてるんです〉

　二時ならまだなんとか間に合う。

「敦史君、よかったら私も同席させてくれないか」

〈もちろんです。だからオヤジに言って秋吉さんに連絡してもらったんです。本当は昨日のうちに連絡したかったんですけど、そういうときに限ってオヤジの奴、遅くまで帰ってこないもんだから〉

　今度は敦史の後ろで弁解する緒形の声が聞こえてきた。

11

二時十五分に、指定されたJR新宿駅西口の地下改札に到着した。

昔と違って今は人の疎(まば)らな券売機のあたりに立っていたTシャツの少年がこちらに向かって手を上げた。緒形敦史だった。

その傍らには、高校生のようにも見えるがっしりした体格の少年がいた。学校の制服らしい、白いシャツに黒い学生ズボンを着用している。彼が斉藤悟なのだろう。中学三年生なのだから高校生に見えても不思議はないが、敦史に比べ、逞(たくま)しく大人びた空気をまとっている。敦史がロックバンドのTシャツ姿であるだけに、よけい際立ってそう見えるのかもしれない。気のせいか、どことなく幹夫に似た雰囲気をも感じさせた。

「ごめん、待たせて悪かったね」

小走りで近寄ると、二人は緊張したぎこちない動作で頭を下げた。

「いえ、全然大丈夫です」

敦史が早口で応じる。仕事柄、『全然』の用法が間違っている」と普段なら言いたくなるところだ。

「こっちが斉藤悟君です。こんなにでっかくなってて、オレも最初は分かんなかったくらい」

敦史に紹介され、少年がより丁寧に挨拶する。

「斉藤です。はじめまして」

「千日出版の秋吉です。梶原君のお父さんの下で働いています」

名刺を渡して自己紹介する。大人から名刺をもらうことに慣れていないのだろう、悟はもの珍しそうに名刺に書かれた肩書などの文言に見入っていた。

「君達、お昼はもう食べた？」

「はい」

二人同時に答えが返ってきた。遠慮しているようには見えなかった。秋吉自身は昼食どころか朝食もとっていなかったが、今はそれどころではない。

「じゃあ、お茶でも飲みながら話そうか」

先に立って二人を地下街のカフェに案内する。こういうことは大人の役目だ。できるだけ落ち着いた店を選んで入店する。

オーダーを済ませた途端、悟がこらえかねたように訊いてきた。

「大体の話は敦史君から聞きました。幹夫君が死んだって、自殺だっていうのは本当ですか」

「亡くなったのは本当だ。だけど、自殺だと断定されたわけじゃない」

「じゃあ、事故なんですか」

「それも分からない。結局、曖昧(あいまい)にされたままなんだ。調べた限りでは、警察の対応を含め、そういう事例は多いらしい」

慎重に言葉を選び、自分の推測は交えないよう配慮しながら話す。本音の部分では幹夫の自殺をほぼ確信しているが、大人としてそうした予断を子供達に伝えるわけにはいかなかった。

「僕が引っ越してからどんなことがあったか知りませんけど、幹夫君は自殺なんてするような奴じゃありません」

悟が語気を強めて言った。

初対面の大人に対しても物怖(ものお)じせずはっきりと主張する。そうした生真面目さも幹夫にそっくりだった。幹夫と馬が合ったのも頷(うなず)ける。

その悟が「幹夫は自殺ではない」と主張する。そのことも秋吉の心証を逆に裏付けた。つまり、「自殺するからにはそれなりの理由があるに違いない」ということだ。

秋吉の〈予断〉あるいは〈推測〉でいうと、それは「父親の不正を知った」からにほかならない。

悟の横に座った敦史は、どこか面食らったような顔をして黙っている。また恥ずかしそうにも、しらけているようにも見える。その内心は想像に難くない。悟の勢いが思いのほか激しいものだったからだろう。客観的には、敦史の反応の方こそがより中学生らしいと言える。

「私だってそう思う。だから真相を調べてるんだ」

「敦史君から連絡をもらって、僕、すぐに東京に行こうと思ったんです。でも、バイトがあってどうしても……」

悔しそうに俯いた悟は、ぽつぽつと絞り出すように話し始めた。

「僕の父は当時、近くの工場で働いていました。場長と何かでケンカして、別の工場に移ることになったんです。それで千葉に引っ越して……あのマンションの取り壊しが決まったって聞いたのは、その少し後のことでした。幹夫君とは文通とかもできたはずなんですけど、まだ小さかったから、そこまでは考えつかず……」

注文したドリンクが運ばれてきた。秋吉はアイスティー、敦史と悟はコーラだ。しかし誰も手を付けようとはしない。

「敦史君から話を聞いて、僕もいろいろ思い出しました、あの頃のこと……毎日がめちゃくちゃ楽しかった……敦史君の話では、幹夫君、ほんとに昔のまま大きくなったみたいですね。誰にでも優しくて、思いやりがあって……」

「ああ、それは私も保証する」

秋吉は心からの同感を表明した。

「僕、工業高校に進学するつもりで、それで少しでも学費を稼ごうと思ってバイトしてるんです。あ、バイトといっても中学生だから、父親の手伝いみたいなもんですけど。今日までいろんな奴に出会いました。でも、幹夫君みたいな奴はいませんでした。そう、ちょっとできすぎじゃないかっていうくらい、マンガにもそんな奴いねえよっていうくらい、ほんとにいい奴だったんです」

それが記憶の美化であるとは思わない。なぜなら、秋吉は幹夫が本当にそういう少年であったことを知っているからだ。

「だから僕、幹夫君の家に行きます。幹夫君の家に行って、おじさんやおばさんに直接訊こうと思います。一体何があったのかって。そうしないと僕は、僕は……」

胸が詰まってしまったのか、悟の言葉がそこで途切れた。

どうやら悟は、幹夫以上に真面目で直情型らしかった。そして何より思慮深い。初めから梶原家を弔問に訪れるつもりで、それにふさわしい制服姿でやってきたのだ。

敦史は無言でストローの袋を破り、コーラを飲み始めた。よけいな口を挟まないのが敦史にとって精一杯の〈大人〉の態度なのだろう。その判断は正しいと秋吉は評価する。

よく見ると、ストローに添えられた敦史の指が微かに震えていた。緊張しているのだ。悟の願いが叶えられるかどうか案じるあまりに。

斜に構えて友情や熱意といったものを否定したがるのが中学生というものだ。緒形の自宅で会った敦史は、秋吉の知る典型的な中学生であった。だが今の彼は、長年思い出すこともなかった悟の願いを、我がことのように感じている。考えるまでもなく、悟を捜し出してくれたというその行為だけでも充分に意外であり、讃えられるべきものだ。そして彼にそんな変化を与えたのは、間違いなく幹夫と悟という、二人の少年に対する過去の記憶だ。

もしかしたら、敦史は当時、心のどこかで二人のことを密かに羨んでいたのかもしれない。

二人の様子をつぶさに観察し、秋吉は改めて決意を固めた。

「私のような社の人間は、今まで幹夫君のご遺族に会うことさえできなかったんだ。だが君達なら、誰にも文句を言われない」

いや、それも言いわけだ――

秋吉は己を厳しく叱咤する。

「正直に言おう。私は今までいろんなものを怖れていた。大人だからだ。大人だから理不尽なことに対して何も言えなかった。私は自分自身で、いつの間にか自分達の理念を踏みにじっていたんだ」

その意味がよく分からないらしく、二人は互いに顔を見合わせている。当然だろう。少年達に言っているというよりは、自分に対して言っていた。

次いで悟と敦史に向かって頭を下げる。

「私も同行させてほしい。せめて幹夫君にお線香の一本もあげたいんだ。考えてみれば常識じゃないか。それすらも見失ってた。このままじゃ本当に駄目になってしまう。私も、会社も、みんなが目指す理想の学校も。だから私も、君達と一緒に行きたい。どうだろうか」

「もちろんです。僕達だけで行くより、会社の人がいてくれた方がいいと思う。敦史君はどう？」

悟の問いかけに対し、敦史は何事か考え込みながら答えた。

「もちろんいいよ。でも、オレは行かない方がいいと思う」

「えっ、どうして」

「どうしてって……悟は分かるよ。だってこのためにわざわざこっちまで来てくれたんだし。第一、幹夫の親友だったんだ。おじさんやおばさんも会ってくれると思う。あ、おじさんはまだ会社かな。まあそれはともかく、秋吉さんが行くのも分かる。もともと秋吉さんが幹夫のことを調べてたのがきっかけなんだし。でも、それだけに……」

　敦史が言わんとしていることの察しがついた。

　この少年は、外見や態度から窺（うかが）えるものとは正反対に、繊細な判断力が働くらしい。

「きっとさあ、おじさんにもおばさんにも言いにくい話があると思うんだ。言いにくいから、ここまでいろいろこじれたわけだろ？　それを聞きに行こうってんだから、おまえと秋吉さんだけで行った方が、向こうもまだ話しやすいんじゃないかなって」

　面倒を避けるための言いわけではない。大人の弁解は今日まで散々聞いてきた。だからそんなものは聞けば分かる。敦史の言葉には、自分なりに事態を考察する真摯さがあふれていた。

　悟もそのことを察したらしい。

「分かった。秋吉さんと僕とで行ってくるよ。ありがとう、敦史君」

「いいよ、別に」

　敦史はどこか面倒くさそうに応じる。それだけは普通の中学生らしい反応だった。

　テーブルの上に置かれていた伝票をつかみ、秋吉はレジへと向かった。

　悟と二人、JR中央線で荻窪へと向かう。車中、悟はほとんど話さなかった。

　初対面の大人といるからではない。亡くなった友人と、失われた過去に想いを馳（は）せているようだった。

荻窪駅を出たとき、悟は駅前の光景を眩しげに見回していた。

悟がこの町を去ってからほぼ七年。東京にはこの七年間で景観が一変した町も多々あるが、荻窪はそこまで変わっていないはずだ。それでも幼少期以来、久々に見る懐かしい町の光景は、悟に大きな感慨をもたらしたのだろう。

「さあ、行こう」

少年を促して歩き出す。梶原家までの道は、悟も覚えているようだ。

パランティア荻窪は駅から十分ほどの距離だが、炎天下を歩くのはやはりつらい。秋吉はすぐに汗だくになったが、中学生の悟は平然としている。緊張が増してきたのか、むしろ青ざめているようにさえ見えた。

不意に——頭上を何かが横切ったような気がして空を振り仰ぐ。

鳥かと思ったが、何もいない。ただどこまでも白熱した光が広がっているばかりである。

この暑さでは、鳥も自由に羽ばたけまい——

わけもなく、秋吉は一人心で納得する。

年々酷くなる一方の暑さが、あらゆるものから尊厳を奪っていくのだ。

「変わってないなあ」

パランティア荻窪の前に立ったとき、さすがに悟は嘆声を上げた。梶原局長は新築時にこのマンションを購入したと聞いている。また一昨年くらいに大規模修繕も済んでいるはずだ。子供の時間は、大人のそれよりも遥かに長い。悟の目には、そのマンションが七年という時を超えて現出したように見えたのかもしれない。

オートロックのパネルに向かい、梶原家の部屋番号を押す。

〈はい〉

応答があった。梶原夫人の声だった。

「ご免下さい。千日出版の秋吉です」

〈秋吉さん……〉

その声の調子から、動揺している夫人の表情が目に見えるようだった。

「突然で申しわけありません。このたびはご愁傷様です。幹夫君にお線香をあげさせて頂きたいと思い、お伺い致しました」

〈あの……お気持ちは嬉しいのですが、私どもと致しましては、その……〉

言いにくそうにしてはいるが、その後に続く文言は聞かずとも予測できた。

やはり門前払いか――

予想されたことではあった。ことに今は、塩田審議官の事件がかまびすしく取り沙汰されている状況である。夫の梶原局長から「誰とも話すな」と命じられているとも考えられる。

だがそのとき、

「おばさん、僕です、斉藤悟ですっ」

秋吉を押しのけるようにして、悟がオートロックのカメラレンズに向かって叫んだ。

「覚えてますかっ、幹夫君の友達だった悟ですっ。幹夫君が亡くなったって聞いて、千葉から来ました」

〈悟君……？　本当にあの悟君なの？〉

「はいっ。お願いします、どうか少しだけ話をさせて下さい」

数秒の間があって、正面口のドアが開いた。

マンションの中に入り、エレベーターに乗り込んで四階のボタンを押す。

悟がいなければ、到底中へは入れてもらえなかっただろう。際どいところだった。

このときばかりは運命の巡り合わせに感謝する。

かつて何度も通った梶原家のドアの前に立ち、ドアフォンのボタンを押した。

すぐにドアが開き、加世子夫人が顔を出した。

「ご無沙汰してます、おばさん」

悟が深々と一礼する。

「悟君、大きくなって……」

その成長した姿に、夫人は感無量といった面持ちでうっすらと涙を浮かべている。

秋吉が我に返って挨拶をしようとしたとき、夫人は二人を中へと招じ入れた。

「どうぞお入りになって」

「失礼します」

エアコンの効いた室内へ上がる。そのままリビングへと進むと、そこで髪の長い少女が待っていた。

「本当だ、悟君だ……」

「え、もしかして、沙織ちゃん？」

驚いている悟に対し、沙織はこくりと頷いた。

沙織は現在小学校五年生だ。すると、悟が転居した当時は四歳前後であったことになる。

「よく覚えてたね、僕のこと」

「だって、お兄ちゃん、よく悟君のこと話してたから……昔のビデオだって何度も観たし……」

「昔のビデオって？」

「お兄ちゃんと悟君が一緒に遊んでるとこ。お父さんが撮ってたの」

「そうか、そんなのがあったのか」

「うん。お兄ちゃんと悟君、なんだか双子みたいに仲よくて、いいなあって、あたし、いつも思ってて……」

加世子も頷きながら悟を見つめている。

悟と幹夫はやはり相通じる空気を持っているのだ。もしかしたら夫人も、息子が帰ってきたように感じているのかもしれない。

「悟君が来てくれて、お兄ちゃん、きっと喜んでると思う……」

沙織はすでに泣き出しそうになっている。

加世子が慌てて秋吉に言う。

「仏壇はあちらです。声をかけてやって下さい」

秋吉と悟は、四畳半の和室に通された。そこに、真新しい仏壇が据えられていた。

「幹夫君……」

仏壇に置かれた幹夫の遺影を目にして、悟が今さらながらに絶句している。

写真とは言え、成長した幹夫の姿を見るのは、悟にとって初めてなのだ。

秋吉は率先して仏壇の前に座り、線香に火を点して供え、両手を合わせる。それから目で悟を促した。

悟も線香をあげて、手を合わせる。

「ごめんね……もっと早く来られなくて……もう一度、昔みたいに遊びたいって、ずっと思ってたのに……」

それは、あまりに少年らしい素朴な述懐であった。素朴で、真摯で、哀悼に満ちている。加世子も、沙織も、等しく胸を打たれたようだった。

涙声で呟いていた悟が、顔を上げて加世子を振り返った。

「幹夫君、僕の住んでたマンションの屋上から落ちたって聞きました。一体どういうことなんですか」

秋吉が止める間もなかった。

焼香という行為によって幹夫の死を実感したせいか、悟は強い口調で単刀直入に加世子を質した。

「あの子、何かあると、よくあそこへ行ってたのよ。あ、あのマンションね、悟君が引っ越してすぐ、取り壊しが決まって立ち入り禁止になってたの。でもね、あそこはあの子にとって特別な場所だったの。勝手に入り込んで、考え事をしていたみたい。悟君との思い出がよっぽど大切だったのね」

目頭を押さえながら加世子が答える。

その返答に、悟も胸を衝かれたようだった。

「では問題の夜も、幹夫君はマンションに入り込んで考え事をしていた、というわけですね？」

秋吉が質問を引き継ぐと、加世子は小さく頷いた。

「そうじゃないかと思います」

「そのとき、幹夫君が何について考えていたか、お心当たりはありませんか」

「それは……」

加世子が言葉を濁す。

秋吉は確信した——夫人には心当たりがあるのだ。

だが常識としてこれ以上追及するわけにはいかない。この局面で、またも〈大人〉の分別が頭をもたげた。

「おばさん、幹夫君は自殺なんてするような奴じゃない」

唐突に悟が語気を強める。

「僕は今もそう思ってます。なのに、なんだかみんな自殺ってことにしようとしてる。それでいいんですか」

加世子は顔を伏せて何も言わない。

「僕は我慢ができません。本当に自殺したんなら、きっと何か理由があったはずです。幹夫君は何を悩んでいたのか、僕はそれを知りたいだけなんです。お願いです、おばさん。何か知っていることがあったら教えて下さいっ」

加世子はやはり答えない。

部屋の隅に控えていた沙織が悲痛な声を上げる。

「お母さん、もういいじゃない、教えてあげて」

「沙織……」

夫人が顔を上げて娘を見る。

「悟君に教えてあげて。そうじゃないと、お兄ちゃんは」

「駄目よ、沙織」

「お母さんっ」

「あなたは黙ってなさいっ」

「いやよ、あたし、黙らないっ」

泣きながら沙織が母親に抗議する。

「お母さんが言わないならあたしが言うわ。お兄ちゃんはね――」

そのときだった。

「何をやっているんだ」

深く落ち着いた、それでいて轟き渡るような大音声が室内に響いた。

振り返らずとも分かった。

この家の主、梶原だ。憤怒を漲らせ、仁王のように一同を見下ろしている。

「局長……」

秋吉は呻いた。よもやこんな早い時間に局長が帰宅しようとは。

「秋吉君、君は社会人なのだろう。だったら少しは常識をわきまえたまえ」

無理を言って上がり込んだ身としては一言もなかった。

「おじさん、お久しぶりです」

悟が毅然として立ち上がった。

「君は？」

怪訝そうに質す梶原に対し、悟は怯まず名乗った。

「昔、幹夫君とよく一緒に遊んだ斉藤悟です」

「悟君か」

梶原はすぐに思い出したようだった。悟の存在は、梶原にとってもそれだけ忘れ難いものだったのだろう。

「ずいぶん立派になったじゃないか。あの頃は君も幹夫も、あんなに小さかったのに……一緒に遊んでいるのを見ると、双子の子犬か小熊のように見えたなあ」

彼の目と声に、帰らぬ過去を追想する父親の哀惜が滲んでいた。

「おじさん、長い間連絡もせず、すみませんでした」

「いや……」

さっと頭を下げた悟に、梶原は少々たじろいだようだった。連絡をしなかったのは梶原家の人々も同じであるから無理もない。

「話したいことはいっぱいあります。だけど最初に訊きたいことがあります。みんな幹夫君が自殺じゃないかって疑ってます。僕には信じられません。でも、本当に自殺なら、理由があったはずなんです。僕はそれが知りたいんです。あの幹夫君がそこまで思いつめた理由。それは一体なんだったんですか」

「悟君、君は確かに幹夫のよい友達でいてくれた。そのことには今でも感謝している。だがこれは家族の問題だ。君にだって分かるだろう。世の中には他人が立ち入っていい問題とそうでない問題とがある」

悟もさすがに黙らざるを得なかった。

梶原の言葉は、完璧な正論である。誰にも反論はできない。

「悟君、悪いが今日のところは一旦引き上げてくれないか」

梶原は一転して優しい口調で諭すように言う。次いで視線を秋吉に向け、

「秋吉君、君の非礼は大目に見よう。すまないが今日はこのまま悟君を送ってあげてくれ」

「お断りします」

きっぱりと告げた。

「なんだと」

「今日は覚悟を決めて参りました。どんなお叱りでも甘んじてお受け致します。しか

し、私も局長にお聞きしたい。そんな対応で、幹夫君が納得してくれるものでしょうか。子供達に寄り添う黄道学園の理念に沿ったものであると、本心から言えますか」

「秋吉っ、おまえは……」

梶原の全身が激情にわなないた。

秋吉は続く叱咤と罵倒（ばとう）を覚悟する。

「もうやめてっ」

沙織であった。

「あたしが言うっ」

大きな破裂音がした。

前に踏み出た沙織の頰を、梶原がはたいたのだ。

「沙織っ」

頰を押さえてうずくまった娘に、夫人が駆け寄る。

梶原は憤怒の形相で立ち尽くしている。だがその顔は、自らの行為が信じられず、恐怖におののいているようにも見えた。

「沙織、大丈夫、沙織っ」

「放してっ」

少女は母親の手を振り払い、立ち上がって父親に向き直った。その双眸（そうぼう）から、新しく清冽な涙があふれ出す。

春菜――

秋吉は不意に、娘の姿を見たように思った。

春菜ではない、沙織の強い視線に、秋吉の全身は硬直した。

梶原もまた動けずにいるようだった。

世間を知らない、世間に縛られない〈子供達〉の真情が大人を打つ。姑息なしがらみを抱える大人の脆さを、沙織は意図せずして衝いていた。

「お父さんが止めたってあたしは言うっ」

沙織は怯まず父親と相対する。

「お兄ちゃんはね、あの晩、お父さんとケンカしてたの。お兄ちゃんは自分も黄道学園に入るって言ってたの。お父さんの作る学校に入るって言ってたの」

硬直したまま、秋吉は混乱した。どうにも理解が及ばない。

それがどうしたというのか。同じことは春菜も常々言っている。喧嘩や自殺の理由に結びつくとは思えない。

娘の気迫に気圧されたのか、梶原はすでに制止することも忘れ果てたかのように黙っている。

「なのに、なのに……お父さんはダメだって……絶対に許さないって……黄道学園は落ちこぼれの行く学校だ、そんなところには行かせないって……」

なんだって──

驚愕などという言葉では到底追いつかない。それは圧倒的な衝撃となって秋吉を叩きのめした。

加世子が声を上げて突っ伏した。

悟はまだ意味が分からないのか、こちらと梶原とを交互に見ている。黄道学園の理念についてよく知らないからだ。

知っていれば、幹夫がいかに黄道学園に賛同していたか、そして自らも進学を希望することがいかに自然であったか、すぐに理解できただろう。

そうだ──梶原幹夫とは、確かにそういう少年であったのだ。

だが、父親はそれを否定した。黄道学園の理念を声高に主張し、プロジェクトを推進してきた責任者であるはずの父親が。

「幹夫は、模試でもトップクラスの成績だった……全国の有名進学校はどこでも合格できるレベルだったんだ……」

うなだれた梶原が、別人のように力なく呟く。

「なのにあいつは、一般の名門校には行かない、黄道学園に行くと言い出して……分かってたんだ……あいつは私の仕事を理解し、尊敬してくれてた……でも私は、どうしても息子には……」

なんてことだ――

ありとあらゆる事象が、音を立てて符合する。

黄道学園の理念。

梶原の沈黙と休職。

ひたすら梶原を表に出すまいとした社長の行動。

尊敬に値する上司であった梶原の変貌。

意図はともかく、真実を追究しようとしていた自分の更迭。

それを梶原が了承した理由。

そして――梶原幹夫という少年の性格。

何もかも当然の帰結ではないか。

もっと早くに察するべきだった。確かに幹夫なら、自らも黄道学園への入学を強く希望するに違いない。

春菜のように。黄道学園の理想を信じて。どこまでも純粋に。

唯一予想できなかったのは、梶原が〈一般の父親〉と同じ理屈を持ち出してきたことだった。

幹夫は父と同じく〈出来〉がよすぎた。だから父親は、息子に従来のエリートコースを歩ませようとした。

純粋な親心であったろう。だが息子は反発し、激しい口論となってしまった。

父親の理想を信じる少年にとって、父の言葉はどれほどの絶望を招いたことか。

今日まで自分達が一丸となって打破しようとしてきた偏見を、局長は自ら肯定した。

それも最悪のタイミングで、最も知らせてはいけない人物に告げてしまった。

最愛の息子である幹夫に、「黄道学園は落ちこぼれの行く学校だ」と。

秋吉は今やはっきりと知った。

幹夫が自殺した理由。

そして局長がその理由を隠そうとした理由を。

何もかも自分の推測でしかない。だが、それが外れていたとしてどうだと言うのだ。

最も苦しいのは、己の胸底の最深部を、否応（いやおう）なく直視させられたことだ。

かつて自分は、幹夫が引きこもりであると告げた新井に対して激昂した。自分の中の〈何か〉が反応した。

その〈何か〉の正体がやっと分かった。

それは、自らの奥底で燻（くすぶ）り続ける偏見の残滓（ざんし）であったのだ。

引きこもりとなった子供の親でありながら、なおも偏見を捨て切れていなかった。

自分も梶原と同じなのだ――

「局長は、そのことを……社長にだけは伝えていたのですね」

秋吉が問うと、梶原は微かに頷いた。

「朝早く、幹夫の遺体が見つかったという知らせが入って……間違いなく幹夫だった……あのマンションから飛び降りたんだ……私のせいだ、全部私の……どうしていいか分からず、社長に電話した。すべてお任せするつもりだった……飛んできた社長は、私にとにかく休養を取るように勧め、それから社の方針が決まるまで誰にも言うなと念を押された……社長とはそれから何度も電話で話し合った……私は責任を取るつもりで……」

そこで梶原は不意に言葉を切った。

沈黙の中で、梶原の秘められた慟哭を聞いたように秋吉は思った。

幹夫の自殺とその原因を明らかにすると、梶原の責任だけでは済まなくなる。黄道学園のプロジェクトにも大きな傷を残してしまうことは容易に想像できただろう。天能ゼミナールの出方次第では、白紙撤回も充分にあり得る。そうなると会社にとっては大打撃だ。

梶原が蒼白く乾いた唇を再びぎこちなく動かした。

「責任を取って、プロジェクトを潰し、会社全体を窮地に追い込むか。それともすべてを胸の内に納めてやり過ごすか……私は決断しなければならなかった……」

人一倍大きな体軀をわななかせて咽ぶように吐き出されたその言葉は、秋吉の胸に食い入った。

これがもし自分だったら——

梶原の煩悶は察するにあまりある。

自分は果たしてどちらを選ぶだろうか。告白か、あるいは沈黙か。

告白すれば理想を潰し多くの人の人生を狂わせることになる。沈黙すれば死んだ我が子を二重に裏切ることになる。言わば究極の選択だ。

今も病院で眠っている春菜の横顔が不意に浮かんだ。分かっている。どちらを選んでも自分には耐えられない。

「おじさん、教えて下さい」

悟だった。

「黄道学園って……黄道学園の理念って、なんなんですか」

当然の質問だ。それを知らなければ、梶原の苦衷は理解できるものではないだろう。

「それはね、悟くん、それは……」

すぐに答えかけた梶原は、呼吸困難にでも陥ったかのように苦しげな様子を見せ、一旦深呼吸をしてから目を瞑って暗誦し始めた。

「いじめや不登校に苦しむ子供達が、心から安心できる〈居場所〉となる学校。生徒に何も押しつけず、ただ生徒が安心できる時間と空間を提供する。登校さえ強制しない。勉強の仕方も、活動の仕方も自由である。しかしそれは、生徒が自らの主体性を以て決定するものでなければならない。教師もまた、従来の価値観に囚われることなく、生徒の多様性を広く認め最大限に尊重する。大学受験、海外名門校への進学等を希望する生徒には、最高の講師陣が全面的に指導する。そして最新テクノロジーにより、それらをすべての生徒に提供する……」

閉じられた梶原の両眼からあふれ出た水滴が、かつてのような張りを失った頬を伝い落ちていく。

「黄道学園は、すべての生徒に自らの尊厳についての自覚を促し、その手助けをし、成長の機会を与える。そこに、従来の偏見や固定観念は無用である。生徒は、誰もが一人の人間として、自ら選び、希望した道を進むことができる」

それはすでに悟の問いに対する答えではなかった。秋吉には、梶原が自らに言い聞かせているように思えてならなかった。その文言を起草したはずの自分自身に。

「凄いじゃないですか」

悟もまた、涙声になっていた。

「僕だって入りたいですよ、そんな学校。本当に凄いと思います。幹夫君だって、きっと誇りに思っていたはずです」

その通りだ――幹夫は、きっと――

「ありがとう、悟君」

梶原が発するその口調は、最初とはまったく違っていた。怒りも動揺もなく、静謐に満ちたものであった。

「君は本当に、今日まで幹夫の友達でいてくれたのだね。心から礼を言う。ありがとう」

悟も、秋吉も、誰も何も言えなかった。

その言葉から、息子を失った父親の真情が痛切に伝わってきたからだ。

「私は、やはり採るべき道を誤った。このままでは幹夫も決して許してはくれないだろう」

そう言って、梶原は深々と頭を下げた。

悟に。秋吉に。夫人と娘に。

そして仏壇の中で穏やかに微笑む幹夫に向かって。

秋吉もまた幹夫の写真を見る。

なんだ――？

ごくわずかではあるが、違和感のようなものを覚え、困惑する。

違和感と言っても、決して不快なものではない。だが、明らかに何かが違う。

しばらく考えた末、ぼんやりと想った。

変わったのは梶原家の人達の心である。それだけは間違いないし、すでに分かっていたことだ。

彼らと同じく、自分の心もまた変化していたのではないだろうか。だからこそ、幹夫の写真にそこはかとない違和感を抱いたのではないだろうかと。

最初に見たときは、笑顔の中にも暗い翳(かげ)りのようなものがあった。それが今はきれいに消えて、晴れやかな表情に変わっている。

写真が変わるわけはない。ならば、変わったのはこちらの心の方ではないか。

日々刻々と変わっていく。いい方にも、悪い方にも。それが人間というものではないか。

そう考えるだけで、どういうわけか、身も心もほんの少しだけ、それこそ鳥の羽根一枚分くらい、軽くなったような気さえする。

たとえそれが、〈気のせい〉であったとしても。

あるいは──もしかしたら──写真の変化は幹夫からのメッセージだ。

そんなよしなし事を想像し、秋吉は心の中で呟いた。

幹夫君──君は最後まで俺に勇気をくれるのか。

12

悟とともに梶原家を辞した秋吉は、新宿駅で千葉に帰る悟を見送った。

「これでよかったんでしょうか」

道すがら何度も繰り返していた問いを、改札の前で悟はまたも投げかけてきた。

「分からない」

秋吉にはそうとしか答えられなかった。また正直に告げることが悟に対する誠意だと思った。

「おじさんやおばさん、それに沙織ちゃんの気持ちを思うと、僕……」

「少なくとも、沙織ちゃんはほっとしていたと思う。最初はあんなに苦しそうだったのが、君が帰るときには……」

悟が梶原家の玄関で辞去の挨拶(あいさつ)をしたとき、沙織は小声で、「また来てね、きっと、きっとね」と呟いていた。

そのことを悟も思い出したのだろう、彼自身が安堵(あんど)したような表情で、

「だといいんですけど……」

「秘密を抱えたまま暮らすというのは誰だってつらい。特に小学生の沙織ちゃんにと

っては、大切なお兄さんのことだから、とても耐えられるものじゃなかったはずだ。君が来てくれたおかげで、少なくとも沙織ちゃんは救われたと私は思っている」

「でも、おじさんやおばさんは」

「それこそ家族の問題だ」

慎重に言葉を選びながら答える。

「梶原さんも苦しかったことと思う。だけど、何もかもあの人の選択したことだ。梶原家の人達がこの先の生活にどう向き合っていくのか、私達にはただ見守ることしかできない」

秋吉は、俯（うつむ）いている悟の肩を叩いて言った。

「君は自分のやるべきことをやればいい。まずは受験勉強だ。幹夫君も、きっとそれを望んでいると思う」

「そうですよね。幹夫君て、そういう奴でしたもんね」

そして悟は、秋吉に向かって深々と一礼した。

「やっぱり、来てよかったです。敦史君や、沙織ちゃんや、それに、幹夫君にも会えたし」

「受験、頑張れよ。何か困ったことがあったら、いつでも相談してくれ。こう見えても、教育出版一筋にやってきたんだ」

「はい、ありがとうございます。いろいろお世話になりました。じゃ、さよなら」

「ああ。気をつけてね」

改札の中に駆け込んでいく悟の後ろ姿を見つめ、秋吉はそれまで押し隠していたものを長い息のように吐き出した。

自分はすでにプロジェクトから外された。会社に居続けられるかどうかも疑わしい。そして自分の娘もまた、幹夫の死に衝撃を受けて意識を失ったままでいる。いずれも悟に伝えるべきではないと判断した。言えば悟が心配することが目に見えていたからだ。

初対面の、しかも受験を控えた中学生に、そこまで負担を与えるわけにはいかない。悟はすでに充分以上のことをやってくれたのだ。

春菜の病室に戻ると、付き添っていた喜美子が椅子から立ち上がった。

その視線が、秋吉を外へと促している。

頷いた秋吉は、娘の蒼い寝顔を一目確認してから、妻に従って談話室へと移動した。

「春菜はまだ目覚めないのか」

空(あ)いていた席に腰を下ろしながら問う。

妻は首を左右に振り、

「二、三回、目を覚ましたわ。でも、すぐにまた眠ってしまうの」

「先生はなんて？」

「たぶん眠りに逃避してるんじゃないかって。それだけつらいことだったんだろうって」

「そうか……」

分かるような気がする。いや、分かりすぎるくらいだ。眠りの世界にでも逃げ込まなければ、春菜の精神は耐えられない。

「でも、起きているときの意識ははっきりしているから、安静にしていれば大丈夫だろうともおっしゃってたわ」

不安そうに妻が付け加える。その不安もまた理解できた。春菜の場合は、身体よりも精神の傷が心配なのだ。目に見えない分だけ、癒えたか否か判断がつかないし、たとえ癒えたと思っても、今回のようにどんなきっかけで傷口が開くか予期すらできない。

力なくうなだれる妻を見つめ、幹夫の自殺の真相について話すべきかどうか、秋吉は迷った。

妻もまた酷く消耗している。だが、春菜に何かあったとき対処できるよう、自分達夫婦の間で情報を共有しておくべきだと考えた。

「ちょっと聞いてくれ。幹夫君のことだ」

顔を上げた喜美子に、梶原家での出来事について手短に話す。

「そうだったの……」

話の途中で、喜美子はすでに大粒の涙をこぼしていた。

「梶原さん、幹夫君にそんなことを……」

ポーチからティッシュを取り出す妻の肩が震えている。その震えは、幹夫や梶原家の人達に対する同情ではないだろうと秋吉は無言のうちに感得した。おそらくは梶原に対する恨み言が刻む旋律だ。

その一言のせいで、娘の春菜までこんな状態に陥った――そう言いたいに違いない。親としてはごく自然な感情だ。

かつて自分達親子は、梶原家の人達に助けられた。恨む筋合いではないと頭では分かっていても、この現状ではどうしようもない。ことに妻は。

「春菜にはタイミングを見て俺から話す。それまでは内緒にしてくれ。絶対にだ」

「それから、俺は明日、会社に行ってくる。春菜のことは任せるしかないけど、大丈夫か」

涙を拭いながら妻が頷く。

「こんなときに会社って――」

そう言いかけた妻が、はっとしたように言葉を呑み込む。

「……春菜にも関係することなのね？」

「ああ。これからのために、ちゃんと後片付けをしてくるつもりだ」

「分かったわ。春菜は私が見てるから心配しないで」

「ありがとう。頼むよ」

それから二人で自販機の茶を買い、言葉少なに話しながら飲んだ。

ペットボトルの緑茶を半分ほど飲んだとき、秋吉は今日一日何も食べていなかったことを思い出した。

冷房中のため閉めきられた窓の外から聞こえてくるセミの声は、いつの間にかアブラゼミからツクツクボウシのものへと変わっていた。


翌朝出社した秋吉を、エントランスホールで真っ先に捕らえたのは、意外にも宇江であった。

「宇江さん……？」

驚いている秋吉を目立たぬ壁際へと誘い、宇江は囁（ささや）くような声で言った。

「昨夜（ゆうべ）会社に連絡したろ？　今日出社するって」

「ええ、でもそれは推進部に……」

「それだけで充分だ。俺の耳にも入ったってことは、もちろん飴屋の耳にも届いてるってこった」

社内派閥が張り巡らせた網の目の細かさには改めて驚かされる思いだが、今の秋吉にはもはやどうでもいいことだった。

「娘さんの具合は」

「まだ入院中です」

「そうか、心配だろうな」

春菜の容態について細かくは答えなかったし、宇江もまた表情を曇らせただけでしつこくは訊いてこなかった。下手な慰めもない。それが宇江の心遣いであると理解している。

「マスコミの方だがな、梶原局長の線からは手を引いたみたいだぜ。各社、塩田審議官とつながりのある財団法人の方へ戦力を投入してるらしい」

「本当ですか」

「ああ。だがこれで局長が完全にシロかというとそうでもない。要するに、これ以上局長の周辺を洗っても何か出てくる見込みがないから、ほかを当たろうってわけだ」

梶原局長の告白を宇江は知らない。しかし考えてみるまでもなく、幹夫が自殺した理由が判明しても、それは局長の過去における潔白を証明するものではない。

「各社の腕利きが揃って見切りを付けたんだ、今さら俺が突いたところで、何も出てきやしないだろう。俺も一旦手を引くことにするよ。でも完全に局長を信じたわけじゃない。幸か不幸か、同じ社内だ。気長にやるさ」

立ち尽くす秋吉の肩を叩き、宇江は飄然と歩み去った。

折を見て、宇江には昨日の件について話さねばなるまい。

これから社内がどう動いていくのか、事ここに至っても秋吉には未だ予測すらつかなかった。


教育事業推進部第一課のフロアには、どこか気の抜けたような雰囲気が漂っていた。第一課が黄道学園プロジェクトから外されるとの内示を得た後なのだから、当然と言えば当然である。

自席に着くと、例によって沢本と前島が真っ先に近寄ってきた。

「おはようございます」

「ああ、おはよう」

互いに朝の挨拶を交わす。

「春菜ちゃんのお加減、いかがですか」

「心配ないよ。ありがとう」

沢本の問いに、偽りの微笑みを返す。家族の微妙な問題について説明する気力が今はなかった。沢本も前島も、それは察してくれているようだった。

ふと思った。〈家族の微妙な問題〉。それこそ梶原家と同じではないかと。

秋吉には梶原の心情が、また少し理解できたようにも感じられた。

「課長」

前島が心持ち声を潜めて告げる。

「さっき総務の同期から耳にした話なんですが、今日の午後あたりにまた役員の会議が開かれそうだと」

「そうか」

「今社長室に、専務と局長が集まっているそうです。たぶん事前の調整なんじゃないかと思います」

改めて前島を見る。

どことなく間の悪そうな沢本に比べ、前島はすっかり冷静さと機敏さを取り戻しているようだった。その精神の強靭さには心から感服する。

「分かった。ありがとう」

二人は一礼してそれぞれの席に戻ろうとする。

「あ、ちょっと待ってくれ」

急に思い立って呼び止めた。

「はい？」

振り返った二人に、

「ウチは黄道学園の仕事から外された。決定事項だからそれはもう動かせない。そのことについて、よかったら君達の存念を聞かせてくれないか」

「存念、ですか」

怪訝そうな沢本に、

「そうだ。君達は今後、社内でどうしていきたいのか、とかさ」

前島が冷笑的に言う。

「課長らしくないですね。と言うより、違うんじゃないですか、それって」

「どういうことだ」

「私達に訊いてるようで、実はご自分に訊きたいんじゃないですか、本当にこれでいいのかって。黄道学園をやれないんなら、千日にいたってしょうがないんじゃないかって」

以前にも増して前島の言葉は辛辣だった。同時に、秋吉自身すら意識していなかった真意をより正確に見抜いていた。

「未練ならあって当然ですよ。第一、課長は春菜ちゃんのこともあるし――」

　そこで前島は口をつぐんだ。

　娘が登校拒否児童であったという経験があるから、黄道学園の理想に固執する――

そう言おうとしたのだろう。それはまったく以て間違っていない。

「すみません、言い過ぎました」

　謝罪する前島の横で、沢本が常になくきっぱりとした口調で告げた。

「僕はもう頭を切り替えました」

　前島が意外そうに沢本を見る。

「黄道学園をやれないのは確かに残念です。でも、コミック学参だって会社にとっては必要な仕事でしょう。いえ、会社だけじゃなく、社会や子供達にとってと言ってもいい。こんなこと言えるのは、僕が課長みたいなつらい経験をしてないせいかもしれません。課長のお気持ちは僕だって分かっているつもりです。ですが、今はほんとにそう思ってます」

　今度の件は、沢本にとってもよい機会であったのかもしれない。

　なぜか安堵している自分に気づき、秋吉は人知れず驚いた。

「引き留めて悪かった。ありがとう。とても参考になったよ」

　再度一礼した二人は、早足で自席へと戻った。

未練ならあって当然、か。その通りだ。

これでいい——これでいいんだ——

パソコンを起ち上げ、コミック学参シリーズの仕事にかかる。まずは全体の再チェックだ。進捗が遅れている部分はないか。あればその原因は何か。担当者は。関係者は。管理職の仕事は多い。今は与えられた務めに集中するのみだ。

「秋吉君、秋吉君」

顔を上げると、いつの間に出社したのか、珍しく自席にいる小此木部長が手招きしていた。

すぐに立ち上がってそちらへ向かう。

「おはようございます。昨日は個人的な事情でまた欠勤してしまい、申しわけありませんでした」

「いいよいいよ、そんなこと。それよりどうなの、娘さんの具合」

「は、おかげさまで体の方はなんともないようで」

「そう、よかったねえ」

問題は体などではなく心であると小此木も知っているはずなのだが、宇江や前島達と違ってこちらを気遣っている様子など微塵も窺えない。単なる社交辞令でしかないのは明らかだった。

「ところでさ、今ちょっといいかな。君と話しときたいと思って」

「は、構いませんが」

「じゃ、ちょっと移動しようか」

小此木は近くにいた社員に「社内にいるから、何かあったらスマホに電話して」と言い残し、フロアを出た。

秋吉は何も訊かずその後に従う。

空いていた会議室ではなく、応接室に入った小此木は、自らドアを閉めて上座に着いた。

「まあ、座ってくれよ」

「失礼します」

命じられるまま下座に腰を下ろす。

「こんなときだ、回りくどい話は抜きにしよう。この前の役員会議の後、僕、常務に呼ばれてさ。なんでも君、ウチの偉いさん方にだいぶ睨(にら)まれてるそうじゃないか」

なんの話か、おおよその見当がついてきた。

「第一課が黄道学園のプロジェクトから外されたのはそのせいだって常務は言ってたよ。いやいや、別に君を責めてるんじゃないよ。しかしね、こうなっちゃ、ウチにいたって君の目はもうないも同然だ。君のこと、恨んでる社員も結構いるって話じゃないか。正直、今だってかなり居づらいんじゃないの？　このままだと新会社に移行しても君が肩身の狭い思いをするだけだろうし、いっそのこと、新天地を目指した方がいいんじゃないかって、常務も凄く心配されててねぇ」

「つまり、私に辞職しろと」

「いやいやいやいや、誤解しないでほしいんだけど、別にそんなこと言ってるわけじゃないから。ただ僕もね、君の将来について考えちゃうわけよ。君はまだまだ若いんだしさ。もしかしたら、もっと君の実力を活かせる場所がどっかにあるんじゃないかと思ってね」

自ら「回りくどい話は抜きにしよう」と言っておきながら、部長の話はこの上なく回りくどかった。

来たるべき新体制において自分達の責任を問われないよう、今のうちに危険な要素を排除しておこうというわけだ。

「まあ、ウチもこの先どうなるか分からないし、今なら退職金もこっそり有利にできるって。ホントだよ、常務が総務に口をきいてくれたんだから。常務がそこまでしてくれるなんて、羨ましい限りだ。君はツイてるよ、新会社が分離する前で。これがもう少し遅ければ、いくら常務だってここまではとてもできないところだった」

白々しいにもほどがあるが、本人はその滑稽さに気づいていない。だが秋吉もこれまでの社会経験から、現実では往々にしてこの種の手合いと遭遇することがあるものだと承知している。

「私のことをそこまで考えて下さって感謝するばかりです」

面倒なのでごく常識的な謝辞を口にする。

「分かりました。明日か明後日(あさって)にはお返事させて頂きます」

「えっ、そんなに早く？」

小此木は喜色をまるで隠せていない。

「はい。妻にも伝えねばなりませんので、少しだけ考えさせて下さい」

「うんうん、ゆっくり考えてね」

「では失礼致します」

小此木を残して応接室を後にする。時間の無駄もいいところだ。

自席に戻って仕事を再開する。

午前十一時過ぎ、卓上の内線電話が鳴った。社長室からだった。すぐに受話器を取り上げる。

「はい、推進部一課、秋吉です」

〈社長室、今居です〉

社長秘書の今居であった。

〈突然で申しわけありません。本日午後二時より、特別会議室にて緊急役員会議が開かれることとなりました〉

前島の情報通りである。

〈異例ではありますが、今回も秋吉課長に出席して頂くよう、社長から指示がありました。もし先約がございましたら、申しわけありませんが丁重にキャンセルして頂き――〉

「いえ、予定は入っておりませんので、大丈夫です」

〈左様ですか。では午後二時、特別会議室、宜しくお願いします〉

「承知致しました」

秋吉は受話器を置き、パソコンに視線を戻す。しかしモニター画面に表示されている内容は、もう欠片(かけら)も頭に入ってこなかった。

今日あえて出社したのは、なんらかの手段を用いて上層部と接触を図るつもりであったからだ。しかし向こうから思わぬ機会を与えられた。

渡りに船と喜ぶ気持ちには無論なれない。

今居の言ではないが、たかだか課長級の自分がまたも役員会議に出席を命じられるとは、異例と言うよりほかはない。それも社長の命令でだ。

いずれにしても正念場が思いもかけぬ形でやってきた。

秋吉は密かに己自身に活を入れる。

迷いはない。覚悟はとっくにできている。

13

午後一時五十分。昼食を済ませた秋吉は、緊張しつつ特別会議室に入った。

今回も末席に座し、すでに揃っている顔ぶれを確認する。これまでと同様、社の最高幹部だけが集まっている。

その中にまたも飴屋の顔を見つけ、思わず声を上げそうになった。

あいつ――

こちらに視線を向けることもなく、涼しい顔で座っている。

同じ課長級ではあっても、ゲシュタポを自称する飴屋は、毎回特別に出席して自らつかんだ情報を幹部達に報告しているのかもしれなかった。

まさにゲシュタポと言うしかない。新井、北森をはじめとして、多くの社員が彼を怖れるわけだ。

午後二時ちょうど、晴田社長と梶原局長が連れ立って入ってきた。

室内から話し声が消える。

「度重なる緊急の会議にお集まり頂き、役員の皆様に感謝申し上げます」

社長の発声により、会議は始まった。

「急遽お集まりを願いましたのは、前回の会議で諮った黄道学園プロジェクトの新体制について新たにご報告すべき問題が生じましたからであります。昨夜官邸筋に近い某所から入った情報によりますと、文科省には隠された不祥事が数多くあり、マスコミの追及が今後厳しさを増すのは避けられないだろうということです。梶原局長が潔白であるのは先日も申し上げた通りですが、局長は問題の塩田審議官とは旧知の間柄であったこともあり、実名であらぬ噂を書き立てられるリスクは到底無視できないという結論に至りました」

一同の間にざわめきが広がる。

しかし秋吉は役員達とは異なる部分に引っかかりを覚えていた。

宇江の情報と違っている。彼は確か、マスコミは「梶原局長の線からは手を引いた」と語っていたはずだ。

「黄道学園は曲がりなりにも教育事業であり、そういう形で梶原局長の名前が出るようなことになれば致命的な事態となりかねません。そこで立花専務を交えて梶原局長と話し合った結果、梶原局長には黄道学園プロジェクトのみならず、教育事業全体から身を退いて頂くこととなりました。これは本人の強い意志でもあります。協議の末に決定した事項を覆す形となり、私としても極めて遺憾でありますが、ここは情勢の変化を鑑み、皆様にご理解を願う次第でございます。さて、梶原局長の異動に伴う後任人事ですが、教育事業局の長崎次長を局長に昇格ということでご賛同頂きたく存じます。今後長崎新局長には、大変でしょうが、黄道学園の新たな顔としてマスコミの前に出て大いにアピールに努めて頂きたい」

社長の傍らで、梶原はどこまでも峻厳な表情で控えている。

長崎は本来梶原に次ぐ教育事業局のナンバーツーである。だが専務派であるため社長派の梶原とは反りが合わず、黄道学園のプロジェクトに関してはこれまで距離を置いていて、ほとんど表に出ることがなかった。そのような人物を教育事業局と黄道学園プロジェクトのトップに据えるという。

秋吉はようやく理解した。

局長から昨日の一件について報告を受け、プロジェクトから退きたいと相談された社長は、もはや慰留は不可能と判断した。すでに自分が知ってしまっているからだ。ここで反対すると、自分や梶原がどういう行動に出るか分からない。

しかし決まったばかりの新体制を修正するには相応の理由と根回しが必要となる。そこで文科省の不祥事云々を持ち出し、梶原を降ろす口実に使った。長崎次長の局長昇格という条件を提示して、専務とも話をつけたに違いない。先の大岡次長抜擢と合わせ、専務派に対して考え得る最大限の譲歩である。つまり、立花専務もまた事の真相を把握しているのだ。

秋吉は大きく息を吐いた。周囲も同様であったから、その吐息は誰にも見咎められずに済んだ。

今日秋吉は、社長や梶原をはじめとする役員達に直接訴えるつもりで出社した。会社員として許されぬ行為によるペナルティは承知している。小此木などに言われるまでもなく、もう会社にいられないものと覚悟していた。

それでもすべては相手の出方次第と思っていたが、まさか梶原が先に自らの意志を表明し、社長も承諾済みであったとは。

秋吉の吐息は安堵でもあり、また困惑でもあった。

この時代、安定した職場を捨てることを決意するのは容易ではない。ましてや、最愛の娘が病床に横たわったままでいつ退院できるかも定かでないというときに退職するとは、我ながら常軌を逸していると思う。

それでも秋吉にとって他に選択肢はなかった。そうしなければ、幹夫や悟に合わせる顔がないと感じたからだ。

そして、誰よりも——春菜。

娘に対して、恥ずかしくない父親でありたい。娘に対して、胸を張れる父親でありたい。ただひたすらそう思った。

いや、そんな言い方は気恥ずかしい。少なくとも自分には、梶原のような苦悩を背負い込む勇気はなかった。それだけのことだ。

今日の出社に当たっては、もちろん妻の喜美子にも打ち明けている。

最初は反対するかに見えた妻も、すぐに考えを変えてくれた。春菜が自分達に説明を求めてきたとき、正面から向き合って話すことができなければ、今度こそ娘がどうなるか、容易に想像できたからだろう。

また新創書店の緒形にも電話している。「御社ではくたびれたロートルの中途採用枠はあるか」と尋ねたら、「くたびれ具合にもよるが、ベテランは歓迎するよ」と言ってくれた。「ただし千日ほどの給料は出ないだろうけど」とも。

意気込んでいた分だけ、なんとなく間を外されたような気分ではあったが、覚悟は依然変わっていない。梶原局長が退いたとしても、社長ともども一度は幹夫の死の真相を隠蔽（いんぺい）しようとした事実に変わりはない。否、今も隠蔽したままだ。独立するとは言え、千日出版の影響力が強く残る会社で教育事業を続けてよいものかどうか、秋吉は未だ量れずにいた。

こちらの当惑など構う由もなく、社長は声を張り上げて説明を続けている。

「……またプロダクトマーケティング本部の大岡次長から申し出があり、プロジェクト関連の案件があまりに多岐にわたるため、現場処理が追いつかない、ついては、長らく当該事業を担当してきた秋吉課長と事業推進部第一課に協力を要請したいということでした」

その文言に意表を衝かれて顔を上げた。

居並ぶ面々も、不可解そうな視線をこちらに投げかけている。

「もともとプロジェクトの迅速化を目的とした再編でありましたことから、社としても一課の復帰には異論のないところと考えます。となれば、秋吉君とそのチームにはむしろ大岡次長と共同で現場に対処してもらうのがベストでしょう」

「よろしいでしょうか」

倉田常務が手を挙げる。

「なんでしょう、倉田さん」

「大岡次長のご苦労は心からお察し申し上げます。しかし秋吉君はなんと言っても課長でしかない。権限の問題からも大岡次長と対等に動くのは無理があるのではと」

「ご指摘、ごもっともと存じます」

慇懃（いんぎん）に社長が答える。

「そこで西脇本部長に相談したところ、彼が妙案を考えてくれました。西脇さん」

メモを手にした西脇管理統括本部長が立ち上がる。組織上、管理統括本部は人事課の上に位置している。

「現在、一課はコミック学参シリーズの企画も抱えておりまして、それでなくても手が足りない状態です。そこで思い切った職務の再編を行なうこととしました。先日の会議で再編を決定したばかりですので、厳密には再編の修正という形を取ることになるかと思いますが、まず秋吉課長を解任致します」

えっ――

衝撃は常に予期せぬ方向からやってくる。だから身構えることさえできずに食らってしまう。

「後任には沢本課長代理を昇格させて課長とします。今後一課は、沢本新課長の指揮の下、大幅に人員を入れ替え、コミック学参シリーズに専念してもらいます。さて次に、大岡次長の実行部隊となる部署として『黄道学園事業推進部』を新たに起ち上げます。この新部署はそのまま新会社に移行して学園の運営に当たることになりますので、部長には秋吉君が適任かと思われます。これならば緊急の際にも大岡次長の代行が務まりますし、プロジェクトの全容を知り尽くした秋吉君とそのチームならまさに打ってつけかと存じますが、如何(いかが)でございましょうか」

「はい」

部長——この俺が——

あまりのことに一瞬頭が白く焼き切れたようになったが、すぐに察しが付いた。

視線を巡らせると、こちらを見つめている梶原と視線が合った。よくは見えなかったが、梶原は微かに頷いたようだった。

「よいご提案だと思いますが、前回の緊急役員会議で秋吉課長の能力不足が問題視されたばかりのはずですが」

「常務は何か誤解なさっておられるのではないでしょうか」

澄ました顔で西脇が応じる。

「あのとき話し合われていたのは、あくまでプロジェクトの効率化であって、秋吉課長個人の能力や資質ではありません」

嘘だ。西脇は「今後の業務ははっきり言って君の手に余るんだ」と言っていた。専務派である西脇は、専務の意図を忠実に代弁しているにすぎない。

一方の倉田は、自らの勇み足から小此木を使い退職を促したということもあり、後には引けなくなっているのだ。

「そもそもだね、プロジェクト推進のため新部署の設立は分かるとしても、秋吉君は……私の受けている報告では、彼は社内で何やら不審な動きをしていたというじゃないか。そのため部下の人心も掌握できず、一課ではたびたび騒ぎになったと聞いている。資質に問題ありと判断されてもやむを得ないんじゃないでしょうか。厳しいようだが、それが健全な企業組織の在り方というものであると考えます」

情報源は小此木か。しかし一課のフロアで騒ぎになったのは事実なので、常務の熱弁に頷いている役員も少なからずいる。

「確かに……そうですね、常務のお言葉にも一理あろうかと存じます」

西脇自身も歯切れ悪く言葉を濁し、専務の方をちらりと見てから着席した。

元来西脇は神経質なまでに社内の規律にうるさい人物である。だからこそ管理統括本部長の地位にまで上り詰めたのだというのが衆目の一致するところであった。

そんな西脇が、組織の方針に背くような動きをしていた自分に対して好意的であったとは考えにくい。常務の指摘の方こそが、西脇の本音に近いと思われた。

専務は大きく頷いている。

自分の復帰と昇格は、やはり専務にとっては社長との駆け引きにおける結果の一つでしかなかったのだ。『黄道学園事業推進部』を発足させるにしても、会議の趨勢によってはその部長に別の誰かを抜擢したとしても問題はない。むしろここで常務の顔を立てることによるメリットを取るだろう。

「皆様にお聞き願いたいことがございます」

挙手しながら立ち上がっていた。

一同の視線が自分に集中するのを痛いほど感じる。

「秋吉っ」

常務と専務が同時に非難の声を発しかけたが、それを制するように社長が言った。

「まあまあ、せっかく当人がいることだし、ここは彼の言い分を聞いてみようじゃないか。なんだね、秋吉君」

「発言をご許可頂き感謝します。ご指摘のありました通り、私は確かに部下を掌握できておらず、管理職として資質に問題ありと言われても仕方がありません。また社内の和を乱すような行動を取ってしまったことも事実であります。しかし私がそのような行動を行なっていたのは、ひとえに真実を明らかにすべきであると——」

一気にそこまで喋(しゃべ)ってから、全身の細胞が活動を停止した。

自分はここへ「幹夫の死について明らかにすべき」と訴えるためにやってきた。そのために職を辞することになっても構わないと。

真実を明らかにせずして黄道学園の理想を推し進める資格などないのだと。

だが、本当にそうだろうか。

梶原は悲しげにこちらを見つめている。自らを憐れんでいるのか。それともこちらを案じているのか。

教育事業から身を退くという形で、彼はすでに責任を取った。だがそれで終わらせていいのだろうか。

いいや——

局長はすでに罰を受けている。息子の死という、親に与えられる最大の罰だ。

一番大事なことを自分は忘れていた。

すなわち、「幹夫が何を望んでいるか」だ。

ここで自殺の原因をぶちまけたとして、それは黄道学園という理想を跡形もなく粉砕することにしかならない。

幹夫はそれを喜ぶだろうか。

違う。自分の知る幹夫は、そんなことを望みはしない。

妥協による理想の実現か。真実による理想の粉砕か。

虚(むな)しく空転する思考によって、指一本動かすことができない。

そもそも——幹夫の自殺の原因が父である梶原の一言にあるというのは、梶原家の人々、斉藤悟、そして自分の間だけの言わば〈共同幻想〉でしかない。

つまり、証拠は存在しないのだ。

幹夫がどういう少年であったか、近くで知っていた者にしか理解できないだろう。また同時に、彼は超越的な存在などではなく、ことさらに感じやすい生身の中学生でしかなかったというのも厳然たる事実である。

どうしたら――

「どうしたんだね、秋吉君」

絶句したままのこちらに対し、社長が不審そうに言う。

「『真実を明らかにすべき』とか言っていたが、それは一体どういうことかね」

どこまでも温厚に聞こえる口調であった。

社長はすべてを知った上で発言している。だがその言葉は、決してうわべだけのものとは思えなかった。何もかも呑み込んだ上で、最後の決断を委ねているのだ。ある意味、この上なく老獪で、またこの上なく慈愛と諦念とに満ちた態度であった。

「それは……」

渾身の力で舌を動かす。

「局長の贈賄疑惑です」

役員達が一様に脱力したような態度を見せる。またその話を蒸し返すのかと。

社長が失望を隠した苦笑を浮かべ、

「秋吉君、それは先ほども……」

「確かに伺いました。私はここで、局長の潔白について疑義を投げかけるものではありません。むしろ、そんなことはどうでもいいのです」

「どうでもいいとはなんだっ」

役員の中から怒声が飛んできた。誰のものかは分からない。

秋吉は構わず続けた。

「今我々が問われるべきことは、もし何か問題が発生した場合、プロジェクト実現のためそれを隠蔽しようという考えがなかったかということです。正直に申し上げましょう。私にはありました。あったのです。だから苦しかった。それは私の部下達も同じだったと思います。私は確かに資質に欠けています。彼らを安心させてやることができなかった。私自身が揺らいでいたからです。それはここにいらっしゃる皆様も同じだったのではないでしょうか。いえ、私は自らの不徳の言いわけをしようとしているのではありません。企業人として、会社の利益を考えるのは当然です。ましてや株主への責任を有する皆様としては最優先に考えるべきことでしょう。その上でこの数日、隠蔽をまったく考えなかったという方がいらっしゃいましたら、どうか私の無礼をお許し下さい」

今や室内は風のない砂漠の如くに静まり返っている。

「私には娘がいます。いじめに遭い、不登校になった娘です。今もそのとき受けた傷に苦しみ、現在フラッシュバックを起こして入院中です。なのに、なのに……」

呂律が乱れる。息が苦しい。

春菜――春菜――

「なのに私は、不登校への偏見を捨てきれなかった。心のどこかで、普通の学校へ普通に通うのが当たり前だと思っていたのです。偏見とは本当に恐ろしい。拭い去ったつもりでも拭いきれない。今回の問題を通して、私はそのことを思い知らされました。自分でも知らなかった自分の姿です。要するに、私には覚悟が足りなかったのです」

「覚悟とはどういうことですか」

社長が静かに質してきた。

「子供達に真摯に向き合うという覚悟です。大人の打算や都合など、彼らは簡単に見透かしてしまう。千日出版は確かに企業体です。しかし教育事業を手がける以上は、一切のごまかしや欺瞞（ぎまん）を捨てて取り組まねばならなかった。そうでなければ、黄道学園の理念など到底達成できるものではありません」

語りながら、梶原の方を見る。

局長はじっと目を閉じたまま、どこまでも深く、そして静かに頷いていた。

「私は最初から失格だった。それが私の申し上げたかった真実です。私は自らの処分もやむなしと考えておりますが、後任の方々には、今申し上げたことを心に留めて頂き、この意義ある事業を推進してもらいたいと願うばかりです」

重苦しい空気の中、着席する。

「秋吉君の考えはよく分かった」

沈黙を強引に引き裂くように、倉田が尊大な態度で発言した。

「ご家族の話は大変に説得力のあるものだった。秋吉君も大変に苦労されていることと思う。私としては彼の希望を容(い)れるべきであると……」

そのとき――

「皆様、少々よろしいでしょうか」

許可を待たずに立ち上がったのは飴屋人事課長であった。

虚を衝かれたように役員達が一斉に彼を注視する。

「皆様のご判断の参考となりますか分かりませんが、僭越(せんえつ)ながら私からお伝えしておきたいことがあります」

手許(てもと)のファイルを取り上げ、飴屋は悠然と語り始めた。

「念のため申し上げておきますが、ただ今の秋吉課長のスピーチはまったく予期せぬものでして、私の報告には一切関係ありません。そのことをまずお含み置き下さい」

飴屋はファイルに視線を落としたまま報告を続ける。

「本件に関しまして、人事査定の一環として私は関係各所で情報収集に努めて参りました。その結果、秋吉課長に関しても多くの情報が集まりました。社内からだけではなく、関係する各取引先企業からもです」

飴屋はこちらを見ようともしない。西脇も知らぬ顔で放置している。と言うよりむしろ頼もしげに、ずんぐりとしたこの部下の発言を聞いている。

飴屋め――一体何を言うつもりだ――

「特にビジネスパートナーたる天ゼミの皆様の声は、総合事業企画本部を中心に細大漏らさず拾っております。事の性質上、取材手法等は明かせませんのでご了承下さい。個別の例で申しますと、天ゼミ総合事業企画本部第二企画部の島頭部長は『千日出版事業推進部第一課秋吉課長の誠実さは敬服に値する』と評されていました。同じく二企の磯川主任はこうおっしゃっています。『これまで千日出版との事業計画を推進してこられたのは、ひとえに秋吉課長の能力によるところが大きい。今後パートナーシップを維持するためにも、秋吉課長は不可欠である』」

唖然とする。秋吉の知る磯川は、たとえお世辞であってもそんなことを口にするような性格ではなかった。

「またジュピタック広報室の内藤室長代理に接触しましたところ、『秋吉氏ほど信頼できる人物はいない。秋吉氏が誠心誠意プロジェクトに取り組んでいる姿に、弊社一同、深く感銘を受けている』とお話し下さいました」

それも嘘だ。内藤は間違ってもこちらのことを『秋吉氏』などとは呼ばないはずだ。

飴屋による要約のせいだとしても、ジュピタックの窓口として秋吉が最も頻繁に会っていたのは、広報室の内藤ではなく、技術部の釜井というエンジニアであった。

「それだけではありません。大日堂文具、暦電機、ルナ・デザイン事務所、中空商事など、他社の皆様も口々に同様のことをおっしゃっていました。こう証言が重なりますと、信憑性に関しましては問題ないと言わざるを得ません。控えめに申しまして、秋吉課長は取引先から多大な信頼を寄せられているものと思われます」

腹心の部下を見つめる西脇の顔面に当惑の色が浮かぶ。

飴屋はさりげない手つきでファイルを閉じ、

「繰り返しとなりまして申しわけありません、慎重の上にも慎重を期して情報の収集に当たっておりますので、その手法についての詳述は避けますが、秋吉課長を本プロジェクトから排除するのは、今後の進行にとって大きなマイナスとなるというのが、私の調査に基づく結論であります」

「何が結論だ。君はそんなことを言える立場か」

座したまま倉田が一喝する。

「いいえ、左様なことを言える立場にはありません」

「だったら――」

「ですが、今は言うべき局面であるかと心得ます」

飴屋は謹厳そのものといった態度で――しかしその目にはいつもの悪戯小僧のような光を湛え――一同を見回した。

「私の職分は、ひとえに社の利益に貢献するであろう人材の情報収集にあります。加えて、自らの立場を利用して社員に退職を勧めたりする行為、そう、近頃流行りのパワハラの類ですな、これは結果的に社の利益を著しく損なう行為ですから、その情報をいち早く把握することもまた私の職掌内です」

そこで飴屋は、倉田をちらりと一瞥した。倉田は驚愕を露わにして声を失っている。彼の言葉が、小此木を使った倉田の行為を指しているのは明らかだった。

飴屋はすぐに何食わぬ顔で、

「『社の利益に貢献する』。それ以外の価値観は人事課長たる私にはありません。失礼は重々お詫び申し上げます。自らの職に忠実であるためにも、身のほどもわきまえず、あえてご報告申し上げました次第でございます」

馬鹿と言ってもいいほど丁寧に一礼し、飴屋は着席した。

「飴屋君の報告が常に信頼できるものであることは、ここにおられる方々もよくご存じかと思います」

落ち着いた様子で社長が発する。年の功としか言いようのない絶妙のタイミングであった。この流れでまとめてしまおうというのだろう。異論は出ない。

「ならば、西脇君の提案を採用してもよろしいのではないでしょうか。もちろん、秋吉君の同意を得た上でのことですが」

弾かれたように立ち上がった西脇が全員に向かって頭を下げる。反射的に秋吉も西脇にならっていた。

会議の流れはそれで決した。

終了後、役員達が思い思いに散会していく。

秋吉はファイルを脇に挟んで廊下を歩む飴屋に駆け寄り、呼び止めた。

「待てよ飴屋」

足を止めて振り返った飴屋に、

「なんだ、あれは」

「なんだって、何がだい」

「さっきのあれだ。どうして俺をかばったりした」

「馬鹿馬鹿しい。かばってなんかいるものか」

その表情は、常になく大真面目なものだった。

「あの場で言った通りだ。僕は自らの務めを果たしただけさ。そっちこそなんだ、よけいな大演説をぶちやがって。流れで受け入れられたからいいようなものの、一つ間違えばすべて台無しになるところだった」

「ふざけるな。磯川さんや内藤さんの話、あれはなんだ。デタラメもいいとこじゃないか」

「社内の証言だけだとお偉方を説得するのは難しかった。だから多少脚色させてもらっただけさ」

「多少って、おまえ……」

言葉もないとはこのことだった。

「もしばれたらどうするつもりなんだ」

「それくらいの防御策は用意してある。でなきゃゲシュタポなんてとてもじゃないが務まらないよ」

その言葉に秋吉は、飴屋が常務を牽制してみせた手腕を思い出す。

「それにね……」

嫌な間を置いてから、愉快そうに飴屋は言った。

「天ゼミの磯川さんのアレ、『今後パートナーシップを維持するためにも、秋吉課長は不可欠である』ってやつ、あれだけは本人の言ったまんまだから」

「えっ」

あの磯川さんが――？

呆然としている秋吉に対し、飴屋は続けた。

「社の内外を問わず、君の仕事ぶりが評価されてるのは本当だ。それに関しては責任を持って断言できる。こう見えても、僕は自分の仕事に関しちゃうるさいタチなんだ。君が気にすることは何もない」

「冗談じゃない。気にするなと言われても気になるさ」

「君もいいかげんしつこい奴だな」

「しつこいのはそっちだろう」

「何度も言わせるな。君が黄道学園に命を懸けてるように、僕も自分の仕事に誇りを持っている。そう言えば分かるか」

その言葉に秋吉は、知らずして他者を侮り、予断を持っていた己を悟った。

「すまない……ありがとう、飴屋。おまえは――」

礼を述べようとした秋吉を、飴屋は強い口調で遮った。

「やめてくれ。気持ち悪い」

だがすぐにいつもの曖昧な笑みに戻り、彼は続けた。

「何度も言わせないでくれよ。僕は仕事で君の仕事を厳正に評価した。その上で、社にとって君の力が必要だと思ったから報告した。それだけだ。だからこの先、もし君が大した仕事もできないと判断したら、そのまま上に伝える。覚悟しとけよ。なにしろ僕はゲシュタポだから」

秋吉に何か言う暇さえ与えず、飴屋は長い廊下を去っていった。

『エテルノ』に入った秋吉は、いつものテーブルについてカフェオレを注文してから、スマホを取り出し、前島の番号を選択して発信した。

〈はい、前島です〉

「俺だ。さっき会議が終わってね」

〈聞いてます。なんかいろいろあったみたいですね〉

「その件で話したいことがある。誰にも言わず、一人でエテルノに来てくれないか」

〈分かりました。後ほど伺います。それではご免下さいませ〉

前島の口調が微妙に変わった。近くに人が来たのだろう。

およそ十分後、前島が入ってきた。秋吉の向かいに座り、コーヒーを注文する。

「前置きは抜きで話す。よく聞いてくれ」

心なしか緊張の面持ちで身構える前島に、すべてを告げる。

昨日の梶原家での出来事。そこで判明した幹夫の死の真相。

緊急役員会議の内容。黄道学園事業推進部の設立。その部長に自分が抜擢されたこと。

「部長昇進、おめでとうございます」

前島は型通りに祝福の言葉を述べた。しかし、沢本が後任の第一課長に指名されたことに触れたとき、彼女の表情が微かに強張るのを秋吉は見逃さなかった。

「沢本君ならコミック学参シリーズの仕事に適任だろう」

「私もそう思います」

「問題は新部署のメンバーだ。人選は俺に一任されている。そこでだ、前島君」

「はい？」

「君には新部署の課長をやってもらいたいと思っている。もっとも、君が望むなら千日本体に残って課長補佐から課長代理に昇進できるよう取り計らう。人事課も沢本君も異論はないだろう。どちらでもいい。選ぶのは君だ」

まっすぐに秋吉の目を見つめ、前島はしばし考えてから答えた。

「新部署に連れていって下さい」

「本当にいいのか」

「新会社の課長と本体の課長代理なら、格としては同じくらいでしょう。むしろ教育事業なら、新部署の方が将来性は上だと思います」

それに……と前島は、口も付けていない冷めたコーヒーをスプーンでかき回しながら付け加えた。

「私もこれまで黄道学園の設立を目指して頑張ってきたわけですから、やっぱりそっちをやりたいです」

「分かった」

「それより課長」

スプーンを置き、前島が顔を上げる。

「課長こそ本当にそれでいいんですか。局長も社長も、最後まで幹夫君のことについては公にしなかった。つまり、見方を変えれば課長を新部署の部長に据えることによって口を封じたとも言えるわけでしょう」

「そうだね。あくまでも見方によっては、だが」

「確かに局長は黄道学園や教育事業から身を退くことによってけじめを付けました。でも、いくら言い繕っても隠蔽には違いありません。それに、文科省関連の疑惑も完全に晴れたわけじゃないんでしょう？　社長も専務もおんなじです。そんな人達の敷いたレールの上で、黄道学園の理想が実現できるものでしょうか」

早速来たか――

怖れていた痛烈な一撃。予想以上の鋭さだ。

しかし自分は、これを彼女に期待していたのではなかったか。

「梶原さんが黒なのか白なのか、結局分からないままだ。だけどね、実を言うと、俺はそれでいいと思うんだ」

「えっ？」

「梶原さんだけじゃない。社長をはじめ、他の役員達だっておんなじだ。俺だって、君だって。きれいな現実こそが欺瞞なんだよ。真実は現実の対義語じゃない。どちらも一緒に併存するんだ」

「でも、そんなのって……」

「まあ聞いてくれ。その上で局長は俺達に後を託してくれたんだ。この世の中、一〇〇パーセントの白も一〇〇パーセントの黒もない。だったら、その狭間で俺達ができることをしようじゃないか。出発点のレールが汚れていても、その先を正しく延ばしていくことはできる。レールの上を走るのは俺達じゃない。子供達だ。黄道学園の生徒達だ。乗客にレールの汚れは関係ない。俺はそう考えることにした」

前島は再び俯いた。冷え切ったコーヒーカップを取り上げ、口に運ぶ。しかし、やはり口を付けずにソーサーに戻した。

「なるほど、それはアリですね」

見込んだ通りだ。前島はしたたかに笑っている。

「私もせいぜい手を車輪の油で汚すことにしましょう。乗務員の制服だけはきれいに着こなして」

「よし、決まりだ」

彼女の強さは頼もしくもあり、またある意味、羨ましくもある。

「君には早速メンバー選抜の素案作成を頼みたい。ほとんどは現第一課のメンバーで足りるだろうが、精鋭中の精鋭で固めるんだ。磯川さんと連絡を取る必要もある。打ち合わせの再開だ。公式な発表は待っていられないから、極秘裏に進める」

「お任せ下さい。そういうの、得意ですから」

前島の口許に浮かぶ不敵な笑みを確認し、秋吉は伝票をつかんで立ち上がった。

店を出るとき、スマホに着信があった。妻からだった。

不安を覚えつつ、すぐに応答する。

「俺だ。どうした」

〈あなた、春菜が――〉

話を聞いて、胸の中に湧き上がっていた暗雲が霧散していくのを感じる。

心配そうにこちらを見ていた前島の表情にも、安堵の色が広がった。

帰社した秋吉は、溜まった雑務をこなすことに専念した。

定時に会社を出て、誠応病院へ直行する。

残照の中、ツクツクボウシが鳴いている。夏の終わりが近いのだ。

妻からの電話で、春菜が起きて待っているという。

心の準備が必要だった。それと、目一杯の勇気だ。娘と心から向き合う力だ。

春菜には、残らず正直に話そうと思う。前島に話したときよりもさらに詳しく。

沙織のこと。幹夫のこと。

幹夫君、俺は俺にできることをやった——これからもやり続ける——それが君の希望とそう違っていないことを願っている——

それに、悟のこと。

悟と出会えたのは幸運だった。沙織にとっても、そしておそらくは春菜にとっても。

春菜は受け止められるだろうか。不安がないと言えば嘘になる。

いいや、今は娘を信じることだ。

病室に入ると、ベッドの上で半身を起こしていた春菜と、その傍らに立っていた喜美子が振り返った。

秋吉は娘に向かって、ゆっくりと足を進める。

ツクツクボウシが鳴く窓の外の夕闇で、何かが白く閃いた。

鳥の羽ばたきだ。一瞬背後の窓を振り返った春菜が、再び秋吉の方を見て、深く静かに微笑んだ。

解説

永江　朗（書評家）

月村了衛の作品群の中で『白日』はいささか異色の小説である。現代の日本を舞台に架空の新型兵器が闘う「機龍警察」シリーズのような激しいアクションシーンはないし、実際に起きた事件に着想を得た『欺す衆生』のような犯罪小説でもない。ロッキード疑獄はじめ戦後の政治事件を公安警察の視点で描いた『東京輪舞』とも、記録映画の監督という視点で一九六四年の東京オリンピックと日本社会を描いた『悪の五輪』とも違う。また、『土漠の花』のソマリア、『脱北航路』の北朝鮮、『香港警察東京分室』の香港のように、日本を離れた視点でもない。悪徳クラブの元ホスト2人のその後の人生を描いた『半暮刻』とも違っている。『白日』の舞台は、日本のごく一般的な家庭であり企業だ。

中学3年生の幹夫がビルから転落死する。事故なのか事件なのか。事故だとすれば自殺なのか他殺なのか。ミステリー小説としての『白日』の根幹は、少年の死の真相を探偵役に大手出版社員の秋吉孝輔を据えたことで物語は複雑なものになった。しかし謎を解く探偵役に大手出版社員の秋吉孝輔を据えたことで物語は複雑なものになった。

秋吉が勤める千日出版では、進学塾との合弁で新しい学校を設立するプロジェクトが進行している。それは最新のICTを駆使する通信制の学校で、いじめや不登校に苦しむ生徒の居場所となるだけでなく、高い学力の獲得も掲げる。このプロジェクトを先頭に立って進めているのが局長の梶原。転落死した幹夫の父親である。理想の教育を謳った学校で、その責任者の子供が自殺したとなればスキャンダルになりかねない。

そして、秋吉には幹夫の死の真相を知りたい理由がもうひとつある。かつて秋吉の娘の春菜がいじめから不登校になったとき、優しい言葉をかけてくれたのが幹夫だった。心優しく正義感あふれる幹夫がなぜ死んだのかを秋吉は知りたい。

しかし、真相究明は簡単ではない。立ちはだかるのは会社という組織である。

この設定が実に巧みだ。秋吉が梶原の下で仕事を進めている学校設立事業だが、これは会社の中では傍流の仕事だと目されている。梶原は生え抜きではなく、吸収合併した会社の幹部だった。傍流のさらに傍流なのである。しかもこの会社には社長派と専務派の対立がある。学校を設立するプロジェクトは社長が推している。つまり、プロジェクトが危うくなれば、それは社長の基盤を脅かすと同時に、専務の発言力が増すことにもつながる。幹夫の死は社内の力関係を変える可能性がある。

プロジェクトがうまくいけば、社長派の地位は安泰だろう。しかしプロジェクトが失敗すれば、代わって専務が権力を握ることになるかもしれない。社長派は没落する。秋吉をはじめ社員たちは、社長派につくか専務派につくかという選択を迫られている。

社内で独特のポジションにいるのが人事課長の飴屋だ。変人で「秘密警察」「ゲシュタポ」と陰口を叩かれながら社員たちの行動を見ている。飴屋は専務派ではないかと思われているが、本当のところはわからない。そして、飴屋が何を考えているのかもわからない。不気味な存在だ。

こうしたことは、組織の大小にかかわらず多くの企業や団体でも見られるだろう。派閥とまではいわなくても、なんとなく集団が形成される。複数のボスがいて、ボス同士は対立しがちだ。複数の企業が合併したときなどは、出身企業の違いが対立の原因になる。新規事業への傍流視というのもよく聞く。「あそこは落伍者の吹きだまりだ」などと陰口を叩く。本流にはおもしろくないのである。組織内で互いに監視し合い、就業中だけでなく私生活も含めて日常のあらゆる行為が「得点」と「失点」で評価される。しかも同じ派閥だからといって安心できない。有能な部下が成果を上げることは、上司にとって寝首をかかれる恐怖をもたらす。

そして、その要に人事がある。会社員であれ公務員であれ団体職員であれ、多くの組織人にとって人事は最大の関心事だ。次の異動で誰がどのポストにつくか。ポストは評価の指標であり能力の象徴なのである。以前、大手出版社を辞めてひとりで小さな出版社を立ち上げた人がこんなことを言っていたのを思い出す。「独立して後悔したことはひとつもないけれど、会社帰りに同僚と人事の噂話を肴に飲む機会がなくなったのは寂しい」と彼は笑っていた。人事の噂と愚痴は、組織人にとって最大の娯楽でもあるのだ。

だが、派閥争いも人事も、その組織内だけでの関心事でしかない。まさに「コップの中の嵐」。社長が失脚して専務が後任になろうとも、課長が左遷されようとも、社外の人には関係のない話だ。しょせんコップの中である。『白日』にはその滑稽さがある。

滑稽さを象徴しているのが、『白日』の社員たちにつけられた肩書きだ。この小説にはフルネームを与えられた登場人物と、名字だけの登場人物がいるが、名字だけの人物にも肩書きはつけられている。社長、専務、常務、局長、部長、部長補佐、課長、課長代理、課長補佐。秋吉の取引相手には広報室室長代理とか第二企画部主任という肩書きもある。フルネームよりも肩書きが重要なのだ。社外の人間にとって肩書きは難解である。専務と常務にどんな違いがあるのだろうか。階級（?）が上なのは専務か、それとも常務か、あるいは同格なのか。代理と補佐の違いもよく分からない。そもそも課長が存在しているのに代理とはどういうことなのか。代理はピンチヒッターではないのか。補佐というのは秘書みたいなものなのか。主任は係長より上なのか。大企業に勤めたことのない人にはほとんど意味不明だろう。どうでもいい肩書きにこだわる人は、町内会の寄り合いとか中学校の同窓会とか公民館の合唱サークルなどで嫌われる。

派閥抗争と肩書き競争は笑えるが、対照的に深刻なのは『白日』の背景にある教育問題である。そもそも新しい学校が必要とされているのは、現代日本の学校が子供たちにとって理想的ではないからだ。

文部科学省が発表した令和四年度の「児童生徒の問題行動・不登校等生徒指導上の諸課題に関する調査」によると、いじめの認知件数は六八万一九四八件。児童生徒千人あたりの認知件数は五三・三件。その内いじめの重大事態は九二三件。「いじめ防止対策推進法」では、重大事態とは「生命、心身又は財産に重大な被害が生じた疑いがあると認める」とき、「相当の期間学校を欠席することを余儀なくされている疑いがある」ときと規定している。

子供たちにとって、いじめがこんなにもありふれたものになっていることに愕然とする。学校という空間は子供にとって安心できる居場所ではない。

小中学校における不登校は二九万九〇四八人。高等学校の不登校は六万五七五人、中途退学者が四万三四〇一人。自殺については、文科省の調査（小中高等学校から報告のあった児童生徒数）は四一一人、警察庁の調査では四八五人である。

なお、不登校の要因について、文科省の調査ではいじめによるものを小学校〇・三％、中学校〇・二％としているが、これには識者などから「実態と懸け離れている」という指摘がある（東京新聞二〇二三年十月十九日朝刊）。文科省の令和二年度「不登校児童生徒の実態調査」では、不登校のきっかけを「友達のこと（いやがらせやいじめがあった）」と回答したのは小学生二五・二％、中学生二五・五％にのぼる（サンプル調査）。学校側と当事者である児童生徒側とでは認識に差がある。

肩書きをめぐるコップの中の嵐という大人たちの矮小さと、少年の転落死、崇高な理念を掲げた学校設立の背景にあるいじめや不登校、そして自殺という現実の重さ。『白日』という長編小説が投げかけるものを、われわれ大人はじっくりと考えなければならない。

本書は、二〇二〇年十一月に小社より刊行された単行本を文庫化したものです。

白日（はくじつ）

月村了衛（つきむらりょうえ）

令和5年 12月25日　初版発行

発行者●山下直久

発行●株式会社KADOKAWA
〒102-8177　東京都千代田区富士見2-13-3
電話　0570-002-301（ナビダイヤル）

角川文庫 23944

印刷所●株式会社暁印刷
製本所●本間製本株式会社

表紙画●和田三造

ISBN 978-4-04-114321-6　C0193

◇◇◇

角川文庫発刊に際して

角川源義

第二次世界大戦の敗北は、軍事力の敗北であった以上に、私たちの若い文化力の敗退であった。私たちの文化が戦争に対して如何に無力であり、単なるあだ花に過ぎなかったかを、私たちは身を以て体験し痛感した。西洋近代文化の摂取にとって、明治以後八十年の歳月は決して短かすぎたとは言えない。にもかかわらず、近代文化の伝統を確立し、自由な批判と柔軟な良識に富む文化層として自らを形成することに私たちは失敗して来た。そしてこれは、各層への文化の普及滲透を任務とする出版人の責任でもあった。

一九四五年以来、私たちは再び振出しに戻り、第一歩から踏み出すことを余儀なくされた。これは大きな不幸ではあるが、反面、これまでの混沌・未熟・歪曲の中にあった我が国の文化に秩序と確たる基礎を齎らすためには絶好の機会でもある。角川書店は、このような祖国の文化的危機にあたり、微力をも顧みず再建の礎石たるべき抱負と決意とをもって出発したが、ここに創立以来の念願を果すべく角川文庫を発刊する。これまで刊行されたあらゆる全集叢書文庫類の長所と短所とを検討し、古今東西の不朽の典籍を、良心的編集のもとに、廉価に、そして書架にふさわしい美本として、多くのひとびとに提供しようとする。しかし私たちは徒らに百科全書的な知識のジレッタントを作ることを目的とせず、あくまで祖国の文化に秩序と再建への道を示し、この文庫を角川書店の栄ある事業として、今後永久に継続発展せしめ、学芸と教養との殿堂として大成せんことを期したい。多くの読書子の愛情ある忠言と支持とによって、この希望と抱負とを完遂せしめられんことを願う。

一九四九年五月三日